谷中レトロカメラ店の謎日和

柊サナカ

宝島社
文庫

宝島社

目次

谷中レトロカメラ店の謎日和

第一章　開かずの箱の暗号

この箱は、決して開けてはいけない箱。

お姫様は言いつけを破って、箱を開けてしまいます。

するとどうでしょう。中から現れたのは、わざわいと呪いでありました。

お姫様の呪いを解くには、王子様の——


来夏《らいか》は、ふと、どこかで読んだ、おとぎ話の絵本を思い出していた。

今、来夏の手の中には、開かずの箱がある。おとぎ話と同じ、鉄の黒い箱。ダイヤル錠がついており、中を見ることはできない。そっと振ってみると、中には重みのある何かが入っていることがわかる。

独りになった来夏に、この箱が残された。

「今宮《いまみや》さんならわかるから」という言葉と、ひとつのメモを残して。

＊

朝方まで降っていた秋雨はやみ、外は気持ち良く晴れているようだった。柱時計を見ると、時刻はもうすぐ約束の午前十時になろうとしていた。家の前で車が停《と》まる音がしたので、来夏はつっかけを履いて、用心のためドアスコープから覗《のぞ》いてみる。家は入り組んだ路地にあるので、場所がわかりにくい。表札には、山之内善治郎《やまのうちぜんじろう》と来夏の名が入っている。遺品整理にやって来る写真機店の店長も、表札を見ればこの家だとわかるはずだった。

車は普通の乗用車だった。「カメラ買い取りは今宮写真機店」などというロゴがでかでかと入った、ワゴン型の社用車のようなものが来るのだろうと思っていたので、もしかして違うのだろうか、と思う。しかしこんな路地に、近所の人以外の車が入ってくることはあまりないので、やはり写真機店の車で間違いはないのだろう。

男がひとり降りてきて家の前で立ち止まる。表札をじっと眺めているようだった。白シャツをかっちりと着こなしてはいるが、ものすごく自由な方面へ伸び放題になったくるんくるんのくせ毛が見える。来夏はドアチェーンを外した。

出て行って会釈すると、男も会釈を返す。

「あの」

「あの」

同時に言って同時に黙る。ではお先にどうぞ、と思って黙っていると、男も黙っているのでなんだか困ってしまう。

「ええと……カメラの買い取りをお願いした、山之内です」

「本日はよろしくお願いいたします」

男が滑舌悪く言う。やはりこの男が写真機店の店員であるらしいのだけれど、一応は客商売だろうに、そんなことでいいのだろうかと心配になるくらいの愛想のなさだった。来夏自身も子供のころから、二十四歳の今になるまでずっと人見知りで通ってきているのだが、よくもまあ店長も、こんな愛想なしの店員を雇ったものだと思った。それにしても背が高い。くせ毛の間から見下ろす目と、目が合う。

「今宮写真機店から参りました、店長の今宮です」

店員ではなく店長その人だったとは。今宮写真機店の店長の話は少しだけ聞いていた。老眼がどうとかいう話だったので、大体六十代の人を想像していたのだけれど、どう見てもそれよりは若い。いくつぐらいなのだろうと、ちらちら視線を走らせていると、今宮が居心地悪そうに目を逸らした。何歳なのかまったくわからない。とりあえず、三十代前半くらいだろうと見当をつけてみる。

「車はそこへお願いします」と、庭の空いた駐車スペースを示すと、今宮が車に乗り込み、慣れた様子で停めた。

大きな革鞄《かばん》を持った今宮を、リビングに招き入れる。

椅子を勧め、「どうぞ」とお茶を出すと、今宮は静かに緑茶を口に運んだ。

「話に聞いていたより、お若い方が来られたので、驚きました」

「店は三年前に父親から継ぎました。今宮写真機店、三代目の今宮龍一《りゅういち》です」

名刺をもらうと、もう初対面の挨拶も済んでしまって、視線を微妙に合わせぬままお茶を飲んだ。

では、と、主を喪《うしな》った二階の書斎に案内する。書斎自体は狭いが、どれも生前本当に好きだったものしか置いておらず、本棚にもインテリアにも好みがはっきりと表れていた。壁には、生涯で一番のお気に入りだった、雪原の作品が飾ってある。

天井まである造り付けの本棚は可動式で、カメラ関係の本や写真集が几帳面《きちょうめん》にびっしりと並べられている。美術館にあるミュージアムショップもかくや、というくらいの凝りようだった。誰も使うことのなくなってしまったこの部屋だけれども、来夏は空気を通しがてら、たびたびこの書斎にやって来た。革張りのロッキングチェアに座り、作品のたくさん収められたアルバムを眺めたり、写真集をぱらぱらめくったりした。写真のことはよくわからないながら、面白い風景や珍しいもの、美しいものを眺めていると時間を忘れた。このカメラ関係の本はどうしようかと思っていたが、まだ手つかずのままだった。

パイプのコレクションもあるのだが、どういう風に扱ったらいいのかわからず、結局これらもそのままにしている。

五段になった防湿庫の扉を開けてみせると、今宮はずらりと並んだカメラに目を見開いた。

「ライカM3、Ⅲf、コダックシグネット35、コンタックスⅡa、ビトーB、ニコンF、イコンタ・ユニバーサルシックス……ローライフレックス……」

何かカメラの名前らしきものを呪文のように呟《つぶや》いている。

今までは、ほとんど表情がないといってもいいほどの無表情だったのに、カメラを目にするなり、新しいおもちゃを前にした子供みたいな目つきになる。

「わたしには何が何だかよくわかりません。遺言で、谷中の今宮写真機店に連絡するようにと」

「いいんですか、お話通りこのコレクション全部、買い取らせていただいて。手元に残しておかなくても――」

今宮の顔つきから、コレクションは状態、機種ともかなり価値のあるものらしいことがわかって、ああ、そうだろうな、と思う。来夏自身はカメラになど興味もないものだから、その価値はまったくわからないのだけれど。カメラなんて、一台あれば撮るには事足りるだろうに、どうして何台も同じようなものを買うのか、今でもよくわからなかった。

「ええ。全部、今宮さんのところにお願いしようと思います。カメラは精密機械だから、手入れをせずに置いておくとカビが生えたり錆《さ》びたりするし、レンズにもカビが生えたら、もうどうしようもなくなるから、必ず遺品のカメラは今宮さんのところに売りに出すように、と言われていました。カメラも、好きな人に使われるほうが、ずっと幸せなのだから、必ずそうするようにと」

今宮が頷《うなず》きながら、防湿庫の上に飾ってあった写真立てを眺めた。白髪をすっきりとまとめ、愛用のパイプを左手に笑みを浮かべている、まだ元気なころの写真だった。笑うと、ぎゅっと目じりにしわが寄る。来夏はこのしわが一番好きだった。服装にもこだわりがあって、時計もパテックなんとかという難しい名前の機械式のもの、その時計の盤面に色味をそろえて、カフスも落ち着いた金色系統のものをと決めていたようだった。薬指の指輪も金色の光を鮮やかに湛《たた》えている。

「五十歳で亡くなって。癌《がん》でした。早かったです。あっという間で。それでもカメラの手入れをしに、たびたび病院を抜け出そうとしていたくらいですから、よっぽど好きだったんですね」

「そうですか」

「やっぱり手放すのには抵抗があって。買い取りの連絡をさせていただく決心がつくまで、何年もかかってしまいました。見よう見まねで布で拭いてみたり、シャッターを押してみたりしてたんですけど、一台一台、どうやって裏蓋を開けるのかさえわからなくて。クラシックカメラって、使い方の本とかもあまり出ていないんですね」

「まあ、国も年代もバラバラですから。でも、拝見していて、カメラが本当にお好きな方だったんだなとわかります」

「わたしがずっとここで持っているよりも、やっぱり専門家の方に任せたほうが、きっと喜びます」

二人で並んで、写真立てを見つめた。

「わかりました。大切に扱わせていただきます」

今宮が白手袋をはめ、一台一台カメラを調べ始めたので、「ごゆっくり。何かありましたら、隣の部屋におりますので」と、声をかけ書斎を後にする。

ひとつひとつ思い出が失われていくのは怖いが、いつまでも過去に囚《とら》われてばかりではいられない。来夏はそっと胸元を押さえた。

小一時間ほどして、書斎の入り口から声がした。カメラとレンズ数本が光沢のある布の上にずらりと並べられていた。来夏が唯一見分けがつく、ライカⅢfを手に取って構えてみた。ファインダーを覗いてみる。ファインダー越しに、二重に重なった今宮と目が合う。

「終わりました。しめてカメラは十一台、レンズ九本で、ちょっと買い取り額も高額になりますので、見積もりには少しお時間頂いてよろしいでしょうか。一日あればできます」

今宮がすべてのカメラを梱包《こんぽう》し大きな鞄にしまうと、防湿庫は綺麗《きれい》に空になった。

「あの、すみません。あと一つ、妙なものがあって……」

どう説明したらいいのかよくわからなかった。来夏は迷っていたが、開かずの箱を今宮に見せることにした。その開かずの箱は、クローゼットの奥にある、小型のプラケースの中に収められていた。プラケースをラグの上に引き出す。ぱちんぱちんと音を立ててロックを外し、プラケースの蓋を開けた。

「見ていただけますか」

来夏はラグの上に膝をついて、開かずの鉄の箱をローテーブルに載せる。黒くシンプルな鉄の箱で、ダイヤル錠が付いている。ずしりとした重みを感じる。今宮もラグの上で、失礼します、と正座した。

「何でしょう」今宮も困惑しているようだった。

「開かないんです。四ケタのダイヤル錠なんですが」

今宮が首を傾《かし》げるのも無理はない。開かないものを見せたからといってどうなるものでもない。鍵屋でもないのに。

今から、もっと妙なことを言わなければならない。

「あの。これも買い取ってもらうようにと言われています」

「でも、鍵が」

「今宮さんなら、わかるから――と」

その言葉に、今宮が考え込む。

「失礼ですが、山之内さんがお亡くなりになったのはいつですか」

「三年前です」

「私が店を継いだのも三年前です。台帳をチェックすると、確かに山之内さんには店に何度かいらしていただいていたようですね。ただ、その当時私は、別会社の修理職人の下に修業に出ていて、店にはいなかったんですよ。だからお話にある今宮さん、というのは、先代の店長である、うちの父ということになります」

今宮が何かを考えながら言う。

「誕生日から記念日、使っていた暗証番号、電話番号、郵便番号、思いつく限りの、ありとあらゆる四ケタの数字を入れてみたんですけど、どうしても開かなかったんです。メモもあったんですが、何のことやらわからなくて」

メモを出す。そこには、数字ではなく、アルファベット四文字で、ＹＳＭＥとあった。かすれたような、弱々しい筆跡だった。

「この文字列についても調べたんですが、なんの意味もない単語のようで、よくわかりませんでした。何かの略語かとも思ったんですが、あてはまる言葉が思い当たらなくて」

「申し訳ないんですが、今、父は母とスイスに出かけています。こちらからは連絡のとりようがないです。あと十日は帰らないと思います」

「そうですか」

来夏もたぶん先代の店長と、あらかじめ何か打ち合わせをしてあったのだろう、と思っていたので、納得した。

「ではこの箱については結構です。妙なことを言ってすみませんでした」

今宮はまだ考え込んでいる。

「〝今宮さんなら、わかるから〟という言葉は、正確にそうおっしゃったんですか」

何でそんなことを聞かれるんだろう、と思いながら、「ええ……」と頷く。

「今宮さんに番号を聞けばわかるから、とか、今宮さんに言ってあるから、とかではなく？」

来夏は少し考える。「癌の進行はすごく速かったんですが、意識は最後までしっかりしていました。はっきりと、今宮さんなら、わかるから、と」

「メモを拝見します」

ラグの上に正座をした今宮が、メモを片手に何か考えている。

「メモのアルファベットが何番目に数えられるかを出して、足したり掛けたりしてもだめでした。画数みたいに数えてもだめでした。このメモにはどんな意味があるんでしょう。亡くなる少し前、最後に自宅に帰ってきたときに書き残したものですから、ただの落書きとは思えないんです」

「今宮さんなら、か……」

「大丈夫です。そのうち、先代の店長さんが日本に帰っていらっしゃったら、山之内がそのように言っていたとお伝えください」

来夏はそう言ったが、まだ今宮はメモを片手に真剣な顔だ。

「今宮さんなら、という言い方からして、あらかじめ父と山之内さんの間で決めてあった数字ではないですね、たぶん。山之内さんが、先代の店長なら必ずわかるだろう、と信じての言葉だと思います」

「ええ」と相づちを打つ。

「このプラケースの蓋部分には防湿剤が入れてあります。密封できるようになっている。中はたぶん、精密機器で間違いないだろうと思います」

「カメラでしょうか」

「たぶん」

今宮は、さっき買い取りのときに何かを書きつけていたメモを出す。

「あった。なるほど」

何があったのだろう、と不思議に思っていると、今宮がそのメモに何かを書きつけ始めた。

「天国からの挑戦状、って感じですね。先代の店長ならたやすく解けるだろうけれど、果たして君ではどうだろう、みたいな」今宮はそうひとりごちると、「よし」と呟いた。

「今から言う数字に錠を合わせてください。ええと、０、７、３、４」

来夏がそのように合わせせると、かちり、と鉄の箱が微かに鳴ったような気がした。

ぞくり、とした。

何をやっても開かなかった箱が、今、ついに開いたのではないか、という高揚の中、なぜか、ためらう。

「さあ、開けてください。三代目は、合格か、不合格か――」

ためらう来夏を前に、とうとう今宮が箱を捧げ持った。箱の表面にそっと触れると、ひやりとしている。来夏は正座をしたまま、左手だけで箱を支えて、右手を蓋にかけた。

指に力を込めると、蓋はあっさりと開いた。

「あれ。これ……」言いかけて、ひゅっと息を飲みこんだ。

どのくらい凝視していたのだろう。手が、がくがくと震えそうになるのを抑える。どうしてここにこんなものが。

それは銃だった。

引き金があり銃口がある。

来夏は気づくべきだった。どうしてそれが開かずの箱に入れられていたのか。それは他でもなく、あえて来夏に見せぬように、箱に隠されていたものではなかったか。

今宮が、「失礼します」と言いながら白手袋をはめ、来夏が持つ箱から銃を手に取った。

「あ、弾《たま》は入ってるのかな」

言いながら今宮が銃口を顔に向けて覗きこむ。引き金に指をかけながら。その指に力がこもり引き金が引かれ——

危ない。

慌てて止めようとして、息が急に苦しくなった。指先が冷たくなって、全身に冷や汗が浮く。

顔色の変わったのに気づいたのか、慌てたように今宮が言葉を継いだ。

「申し訳ありません、ご存じなかったとまでは気が回らなくて。先に説明すればよかった。これ、カメラなんです。銃ではなく」

今宮の手の中にある、銃そっくりのものを見る。よく見れば、銃口にはレンズがあった。

「ドリウ2—16というカメラです。一九五四年くらいに作られたもので、マニアの間でも評価が高いものです。フィルムは16ミリとか映画用のものを使います」

ようやく呼吸が元に戻ってきた。

「すみませんでした。血とか、事故とかを連想させるようなものが、私、本当に苦手で。突然のことで、びっくりしてしまって……そうか、カメラなんですね」

「こちらこそ、驚かせてしまってすみませんでした」

今宮がドリウというカメラの、上部分を本物の銃のようにスライドさせた。じゃき、と銃が鳴る。その動作は、映画などで刑事がよくやる動作とまったく同じように見えた。「銃口がレンズで、引き金がシャッターです」言いながら、今宮が腕を伸ばし片手で壁に向かって撃つと、かしゃん、と音が鳴った。こちらを見て、表情を読んだのか、今宮はドリウを来夏の目に触れないよう、後ろを向いて体の陰に隠した。

「本物の銃とまったく同じような原理で、弾倉から送られた弾が、上部分をスライドさせることによって装填される仕組みになっています。弾といっても、フラッシュみたいに光る閃光弾《せんこう》ですが」

そのドリウというカメラの状態を後ろ向きのままチェックし続ける今宮の側に寄って、そっと背中から覗きこんでみる。やっぱり質感も銃そっくりだと思う。

「よかったら、触りますか」

これは、カメラなんだから、と頭の中で繰り返す。

「あ、苦手なら無理しなくていいですよ。すぐ鞄にしまいます」

「いえ。大丈夫です」

触っておきたかった。売ってしまえばもう、二度とは触れられないかもしれない。

今宮が向き直って、注意深く、手のひらにドリウを載せた。

重い。銃は持ったことがないけれど、きっとこんな重みなのだろうと思う。確かに銃口にレンズがあり、ピントを合わせるためのものなのか、銃口の部分が回せるようになっていた。

見ているうちに、何だかまた、呼吸が浅くなってくるような気がして、すぐドリウを今宮に返した。今宮が丁寧に鞄にしまうのを見る。

「何で、カメラなのに銃そっくりな形に」

「主に警察などが、証拠写真を撮るために作られたもののようですね。片手で撮るのに便利だったらしいです。手を挙げろ！　と言って、犯人がひるんだところをパチリと。まあ、実際に使えたかどうかは怪しいところですが」

今宮と目が合ったが、すぐに逸らした。

「もう、ご気分は大丈夫ですか」

どんな顔をしたらいいのかわからなくて、目を伏せたまま頷く。「大丈夫です。すみませんでした」

「遺品の買い取りをさせていただくと、思わぬものが出てくることはありますよ。奥に隠してあるのは、たいてい家族に、というか奥さんに叱られるたぐいのもので、すごく高価だったりします」

今宮が微かに笑みを浮かべた。

「でも、どうやってこの四ケタの数字を割り出したんですか」

「いえ。買い取った中に、コダックシグネット35があったので。たくさんあった中でも、山之内さんもお好きだったんでしょうね。棚の一番上に置かれていたから」

鞄を探って、一台のカメラを出す。なんだか子供サイズのように小ぶりでかわいい。ダイヤルのようなものが上部に二つある、銀色のレトロな形をしたカメラだった。

「このカメラです。このレンズの所、よく見てください。何か記号があるのがわかりますか」

見てみると、レンズの黒い縁の部分に、白地でRS13548、という文字があった。

「RS」

「そうなんです。このアルファベットは、製造年月日を示しているんです。後ろの五ケタは製造番号で、RS、だと五七年製、一九五七年に作ったものだ、という意味になっています」

言いながら今宮がメモを示す。メモには、CAMEROSITY、という文字が書きつけられていた。

「このアルファベットは、Cが1、Aが2、Mが3……とそれぞれの文字が順に数字と対応しているんですよ。だから、山之内さんのメモのアルファベットは、0、7、3、4となる、というわけです。コダックのロチェスター工場で作られたエクターレンズには、こうやって製造年を入れていたんですね」

「なんだ。私がずっと考えてもわからないわけです」

「カメラ好きだけがわかる暗号のようなものです。まあ、中身をよっぽど見せたくなかったのかも」

先代の店長がいたという当時は、今宮写真機店には出張買い取りサービスはなかった。身体が元気なら自分で売りに行ったのだろうけれど、歩くのもすぐに辛くなるほどになって、カメラ買い取りどころではなくなってしまった。

ひとりぼっちになってしまった家で、少しも怖がらせることのないようにと考えた、苦肉の策がこれだったんだろうな、とわかったとき、目の縁が熱くなった。今宮の手前、どうにかこらえる。

「このレンズをよくご覧ください、現存するコダックシグネット35で、レンズがこれだけ美しく保たれているものは本当に珍しいです。このレンズこそ名玉と言われる3群4枚構成のエクターレンズというもので、その描写は——」

今宮は、滔々《とうとう》とこのエクターレンズというものの素晴らしさについて語った。フィルムも作るコダックならではの作り込みの妙、コダックシグネット35のカメラ業界での立ち位置についても、当時の販売価格を物価に照らし合わせながら説明し、あと、ロールタイプのフィルムの祖だという、コダック社の変遷についても詳細に語った。

来夏は控えめに笑みを浮かべながら、ああ、あんなに寡黙な印象だったのに、カメラのことになると本当にいっぱいしゃべるなあと思っていた。今宮が心底カメラのことが好きなのだとわかる。男の人が、好きなことを一生懸命に語る姿、というのはなんだか微笑ましく、あの、もうそのへんで……とは遮らずに最後まで聞いてみる。

「――という素晴らしいカメラなんですよ。このカメラの良さを余さずお伝えできたかどうか心配です」

「とてもよくわかりました。ありがとうございます」

語り終わった今宮はすっきりとした顔をしていた。ちょっと腕時計を見て、時間の経過に驚いたようだった。

「では店に帰って見積もりをさせていただいて、電話で連絡します。金額がそれで大丈夫でしたら、直接お渡しにあがります。そのとき、査定の明細もお渡ししますので、サインと印鑑を頂きます。査定に納得がいかない場合は、キャンセルも大丈夫ですので。そうですね、おそらく……十二台とレンズで、今拝見した感じの目安は大体、このくらいになるかと」

今宮が宙に指で数字を書いてみせた。相場がまったくわからなかったのだが、なんとなく思っていた値段の倍以上高額なので驚いた。

「あの。買い取り代金の受け取りは、わたしがお店のほうに伺っても大丈夫ですか」

「ええ」

「ではお店に伺います。谷中《やなか》ですよね」

「定休日は月曜で、第三火曜も休みです。いつでも、電話をくだされば準備をしておきます」

近ごろは全然行っていなかったけれど、来夏は谷中のレトロな街並みが好きだった。谷中銀座をぶらついてコロッケを買ったり、ちょっとしたものを次々食べ歩いたりするのはたのしい。好きな雑貨屋さんもあるし、たしか、ブラウスをオーダーできる素敵な洋服屋さんもあったはずだった。その谷中に、カメラ屋があったなんて、まったく知らなかった。

自分から谷中に出向くことにしたのには、理由があった。実際に今宮写真機店という店がどんな店であるのか、その様子を確かめたかった。

今宮を見送ると、家の中にまた静寂が戻ってきた。

細々とアルバイトを続けていた近所の豆腐屋も、おじいさんおばあさんが高齢になり、今年に入って店を畳んでしまった。それからは新たに働き口を見つけることもせず、ただ、近所にある小さな図書館と、寂れたスーパーと、家を頂点とする狭い三角形の中だけで暮らしていた。久しぶりに人に会ったことで妙に頭の中が疲れていた。いつまでもこんな風に、閉じた三角形の中で暮らしていてはいけない、と自分ではわかっていたものの、これから先、自分がどうしたらいいのか、一体どうしたいのかもわからなかった。どんな風に生きて行けばいいのかも。

人と話をしたのも本当に久しぶりだった。自分の声も久しぶりに聞いた。

――来夏。起きなさい――

――まだいい。ねむい――

――ほら、早く服を着ないと学校に遅れるぞ――

――もう今日は休んじゃおうかな――

――だめだ、留年しても知らないぞ――

――それは絶対いや。起きる――

目覚ましの音で起きた。しばらくぼんやりしている。目覚ましをかけるのなんて久しぶりのことだったからか、昔のことを夢うつつで思い出していた。

日暮里《にっぽり》駅の西口から出て、左手に谷中霊園の壁を見ながら坂を上る。行ったことのある喫茶店がまだあって、つくだ煮屋さんもおせんべい屋さんもそのままの姿でそこにあった。何も変わっていない、ということにほっとする。

昔、買った地図に印をつけたものを、ぐるぐる回しながら写真機店の位置を探す。メインストリートである谷中銀座からは少し外れて、へび道方面へ出なければならないようだったけれど、せっかくなので少し回り道だが谷中銀座を通って行こうと思う。

よく晴れた秋の日だった。平日の十一時前ということで、まだ開店前の店が多い。分かれ道を右に進んで、坂を下りたところで、見覚えのある雑貨屋さんがまだあって、そういえば、かごバッグと前掛けを買ったな、と思い出す。

長い階段である、夕やけだんだんの一番上から谷中銀座を眺める。あれからいろいろなことが起きたけれども、この街並みは前と何も変わることがないように思えた。レトロな街並みを取材でもするのか、ちょうどテレビのロケをやっていた。その横を邪魔しないように早足で通り過ぎると、急にいい匂いが漂ってきて、お腹《なか》がぐうと鳴った。自分で少し驚く。そうだ、お腹が空けば、お腹って鳴るんだった、と当たり前のことを思う。見ればコロッケ屋さんが揚げたてのコロッケをいくつも並べているところだった。食欲を感じたのは久しぶりだった。帰りに買って帰ろうと思う。

昔ながらの魚屋さん、レトロな美容室を眺めながら通り過ぎていくと、真っ暗な店に、ぱっと色とりどりの明かりが点いて来夏は目を見開いた。ガラスのランプ屋さんの開店時間であるようだった。光、色、匂い、人の気配、さまざまな刺激にもう五感がついていけなくて、立ち止まってしまいそうになる。

　地図を回し回し、ずいぶん迷った後で、ようやくそれらしき建物を見つけた。いつごろ建てられたものだろう。建物は古民家と言ってしまっていいほど、古びた木造の二階建てだった。一階部分が店舗のようで、木の扉のガラスに金文字で、今宮写真機店、とある。ガラスもアンティーク物なのか、微妙にゆがんでいる。壁に木の札がかかっており、毛筆書きで「暗室貸します」とある。暗室って貸したり借りたりできるものなのだなあ、と思いながら眺めていると、中にいた今宮が、ふっと目を上げてこちらを見た。奥の椅子から立ち上がるのが見える。今日もやっぱり髪がくるくるのわさわさだった。

　今宮に、「どうぞ」と中を示される。会釈しながら入って、地図を畳んだ。店の中にはコーヒーのいい香りがした。

「地図。あの、スマホとか持ってないんですか」

「携帯自体持ってなくて」

　そう言うと今宮は驚いたようだった。

「ないって。不便じゃないんですか」

「携帯電話を使うことがあまり、というか全然なかったので。特に不便は」

店の左半分は小さなギャラリーになっているようで、白黒の写真が多く飾られていた。

店の中は独特の静けさがした。誰もいない図書館と少し似ている。

右側の壁、アンティークのガラス棚に、カメラが整然と並べられていた。来夏は息を飲む。カメラ屋ということで、ちょっと想像していた量販店の光景とはまったく違っていた。むしろ博物館のように思える。骨董《こっとう》品と呼んでもいいような感じの無骨な形や、何年もかけて磨き込まれたであろう鈍い光を湛えた銀色、深い黒があり、いわゆるカメラの形をしているものだけではなく、箱型があり蛇腹型があり、昔の写真館で撮るようなやたら大きな箱があり、おもちゃのような質感のものがあり、ダイヤル式の電話機と似て、どこからどうやって撮るものか見当もつかないようなものまである。

最近のカメラではまず見られないような、精密機械を思わせるダイヤルやらつまみやらがむき出しになっているものもあった。その隣の棚にはレンズだけがびっしりと並んでいた。

人が十人ほど入ればいっぱいになってしまいそうな小さな店舗だったが、来夏はその壁全体に展開する、圧倒的な密度の光景にしばらく見とれた。

ちらりと値札を見る。繊細な斜めの字体で数字が書かれている。ゼロを数えてみる。

一万円以下のものから十万円台と幅広い。上のほうにレアものなのか何なのか、ゼロがやたらたくさん並んでいるものを見て、指折り数えて、それが二百三十万円であることに目を見開く。

　来夏は棚を見て、あることに気が付いた。

「あの、ここ、デジタルカメラとかは」

「扱っていないですね。うちにあるのはフィルムを使うカメラのみで、クラシックカメラが主です」

　このご時世、デジタルカメラを扱わないカメラ屋さんなんて、経営大丈夫なのかなあ、などと考える。

　椅子を示されたので腰かけた。今宮も古びた木のカウンターを挟んで椅子に腰かける。どこから調達したのか、レジまで時代がかっている。

「あの家に、お一人で暮らしているんですか」

「ええ」

　今宮の淹《い》れてくれたコーヒーはしみじみと美味しかった。

　見積もりの明細には、繊細な字体で細かく書き込みがなされており、来夏はサインをして印鑑をついた。今宮が束になったお札を来夏の目の前で丁寧に数えた後、封筒に入れて手渡してくる。

来夏は、今宮に会ったら聞こうと思っていたことを頭の中で整理した。店のこの様子、開かずの箱の謎をすぐに解いた、今宮のカメラに対する知識をもってすれば、もしかして何かわかるかもしれないと思った。

「あの。桜、という名前のカメラはありますか」

「え、カメラをお探しなんですか」

何だかすごく嬉《うれ》しそうだ。

「いえ、そういうわけではないんですが、桜という名前に関係するカメラがあるかなと思って」

「ありますよ。今はコニカミノルタになっていますが、コニカがまだ小西本店という名前だったころの、さくらレフレックスプラノというカメラがあります。今ではそのカメラは現存していないようです」言いながら、棚からクラシックカメラの本を出し、ページを馴れた手つきでめくって、四角い箱のような形のカメラを見せてきた。レンズの所が飛び出す蛇腹になっており、いかにも昔風のカメラのようだった。

「他にも、サクラフレックスという試作機だけのカメラとか――」

「すみません。それがカメラかどうかもはっきりしなくて、桜と、暗い空と、雪、という言葉に関係するものが、もしかしたらカメラに関係があるのかもと思いまして」

そうですね、と今宮が考え込む。

「今は大手のカメラメーカーしかカメラを作ることはなくなりましたが、一九五〇年代ごろ、カメラは小さな町工場で作られていたんですね。なので、二眼レフカメラの頭文字が、ＡからＺまでほとんどあると言われるくらいに、小さなカメラメーカーがたくさんのカメラを作っていました。もしかすると、桜と、暗い空と、雪、という何かの組み合わせに関係するカメラもあったかもしれません。すみません、すべてのキーワードにあてはまるカメラは、今ちょっと思い浮かばないですね。桜と、暗い空、か……」

今宮が考え込む。

「あ、大丈夫です。さっきの言葉は、カメラのことかどうかもわからないので、お気になさらないでください」

「うちは三代続くカメラ屋で、祖父ももう百歳近いんですが、まだ元気で、カメラに関しては詳しいです。個人的に、日本カメラ博物館の学芸員さんたちとも親しいし、常連のお客さんの中には生ける写真史みたいな人もいるので、さっきの桜に関係あるカメラもきっと探せます、お時間を頂ければ」

「ありがとうございます」

来夏はコーヒーを一口飲んだ。

「ところで、普段は何をされているんですか。学生さんってわけではないですよね。

失礼ですが」

今宮がこちらを見ながら言う。

「今は特に何も。二十四にもなるのに、ぶらぶらしているのはあまりよくないですね」

「何と言うか、ずいぶん落ち着いていらっしゃるから、学生のようじゃないなとは思っていたんですが」

実のところ、服装も髪型も今風ではないので、年より落ち着いて見えるとは昔からよく言われる。落ち着いていると言えば聞こえがいいが、つまりは地味だということなのだろう。しかし来夏自身も、派手な色よりはグレイや黒やこげ茶が、ミニスカートよりは膝丈のスカートが、髪型も、染めずに伸ばした髪を、下のほうでゆるくひっつめたお団子がいちばんしっくりきて自分でも落ち着くのだった。アクセサリーもほとんど着けないし化粧も薄い。

「あの」

来夏は意を決した。

「このお店は、今宮さんおひとりでやっておられるんですよね」

「ええまあ」

「アルバイトとかは、募集されていないんですか。店番とか。清掃とか」

今宮が黙って瞬《まばた》きする様子をじっと見つめる。

「ええと。そうですね……ちょうど、そろそろ人を増やそうかとも思っていたところです」

今宮は背後の扉を示した。

「奥は修理工房になっているんですが、おかげさまで最近、買い取りや修理の仕事も増えてきて。あと、写真教室とかの非常勤講師もしていて、たまに現像や写真撮影を教えたりなんかもしています。そういう講義のコマ数も増えてきたし。店番に誰かひとりいると、作業にも集中できて助かります」

「カメラのことにはほとんど知識はないんですが、もし雇っていただけるなら、いろいろ覚えますし、掃除なら得意なほうですので」

来夏がそう言うと、今宮は微かに笑みを浮かべた。

「そうですか……」

今宮はしばらく何かを考えているようだった。来夏は今宮の答えをじっと待った。

「ではよろしくお願いします。じゃあ、ええと、どうしようかな。さっそくなんですが、仕事は明日の正午からというのはいかがでしょう。それから夕方六時までの六時間というのは。時給はそんなにたくさんは出せませんが、相応には」

今宮のわさわさした自由すぎるくせ毛を眺め、来夏は頭を下げた。「では明日から、よろしくお願いします」

店を出ると、道すがら「ねえちょっとちょっと」と呼ばれた。ちょうど今宮写真機店の斜向《はすむ》かい、団子屋の店先におばあさんが座ってにこにこしている。品よく着物を着こんで、優しげに笑っているので、つられて来夏も笑みを浮かべた。

「若い女性客ひとりっていうのは珍しいね、あのカメラ屋に」

「あの、わたし、明日からアルバイトすることになって」

「え？　アルバイト？　あの三代目のところで？」

なぜか、おばあさんは妙に驚いている。「なんだなんだ。そういうことなら、まあ食べなよ」団子の串を差し出される。

「ありがとうございます」

ビニールの丸椅子に座る。団子は蜜がとろとろして美味しかった。お茶もいただく。

「三十四の今の今まで、カメラ歯車レンズネジにしか興味のなかった今宮の三代目がついに……」

「いえいえ。そうじゃなくて。違うんです、わたしのほうからお願いして、アルバイトで雇ってもらえませんかって。カメラのことをいろいろ知りたくて」

何だか、妙な誤解を受けているようで慌てる。

「なるほどねえ」

何がなるほどなのか、おばあさんがにやり、と笑って来夏の顔を見るので、来夏は無言でお茶を飲み干した。

開かずの箱は開いてしまった。

出てきたのが、わざわいかどうかは、今はまだわからない。

一つだけわかることは、来夏の中で止まっていた時が、また動き始めた、ということだけだ。

何かが起こりそうな予感がして、今宮写真機店のほうを振り返る。

明日からは、忙しくなりそうだった。

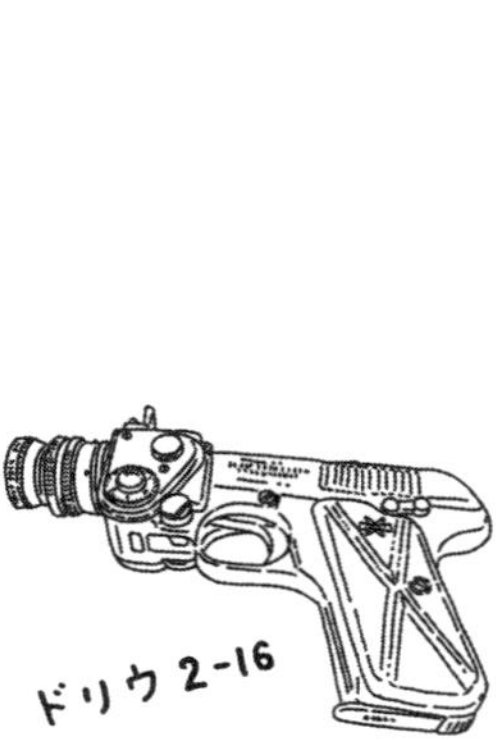

ドリウ 2-16

第二章　暗い部屋で少年はひとり

寒い日が続いていたが、その日は少し暖かくて、来夏はほっとしていた。おやつのシベリアパンも二つ分買い込んだ。谷中銀座へ向かう七面坂の分かれ道のところ、ドッグカフェのドッグランに、まだ小さい柴犬が放されていて、来夏がちちち、と呼ぶと、尻尾を振ってくれた。夕やけだんだんを下りると、食べ歩きを楽しむ人たちの群れが見える。みんな着ぶくれてなんだかもこもこしている。コロッケを片手に持った人、というのはなぜあんなに幸せそうに見えるのだろう。

仕事にも少し慣れてきた。帳簿の付け方もだいたい覚え、フィルムなどの消耗品なら、来夏だけでも対応ができるようになった。

今宮はいつもの通り、来夏が来ると挨拶と仕事の指示を出し、「では今日もお願いします」と静かに言って奥の工房に籠もる。

しばらくして、コーヒー豆が切れそうだと気がついた。すぐ近くにある自家焙煎《ばいせん》のコーヒー豆を今宮が気に入っており、買っておこうかと思って工房に声をかける。

返事がないので、そっと扉を開けてみる。手元に集中しきっている横顔が見えた。わさわさの髪を一本に縛っている。集中を途切れさせるのも悪いかと思って、そのまま戸口で待つ。

指先に迷いがなく、みるみるうちに部品を外していく。指先は早送りの映像のように速いが、雑なところがひとつもなく、あるべきところにあるべきものがぴたりと収まるような正確さを感じる。修理のためにカメラを分解しているようだった。

はっと気づいて、今宮がこちらを見た。ねじ回しのような道具を片手に、無言で固まっている。

「あの」

「あの」

同時に言って同時に黙る。

「全然、気づかなかったです」

「いえ。今、声をかけたら悪いかなと思って。タイミングがよくわからなくて。すみません」

コーヒーの件を話すと、あとでおつかいに行くよう頼まれる。

今宮の手元にあるのは分解途中のカメラのようだった。手のひらに載るような小ぶりなもので、ひどく古びている。

「それ、写──」

写るんですか、と間抜けなことを言いかけて黙る。写るのだから直しているのだろうし、中古カメラ屋でそんなあたりまえのことを口に出して言うのも失礼だろうと思った。

今宮が笑みを浮かべる。

「ちゃんと写りますよ。これはピクニーっていう、日本製で宮川製作所《みやがわせいさくじょ》っていうところのカメラです。一九四〇年ごろに作られたものなんですが。中、見てみますか」

近くに寄ってみる。見せてはもらったものの、内部機構は複雑だった。何だかよくわからないくらいにひとつひとつの部品が細かく組み合わさっている。

「このカメラ、三越デパートで売られていたそうですね。持ち主は、このカメラを買って、嬉しくて一番に家族とかを撮ったかな」

そうだ、この店にあるカメラは、みんな誰かが過去に何かを撮ったカメラなのだ、というあたりまえのことに気付く。

「それぞれに過去があって、ひとつとして同じものはない、っていうのは、人間と似ている気がします」

今宮は静かに言って、手元のカメラを眺めた。

コーヒー豆を買いに出たところ、写真機店の前で、また団子屋のおばあさんに声をかけられた。品よくにこにこしている。「ねえちょっとちょっと」

何やら妙な誤解をしたままのようなので、何を言われるのかと用心しながら店先に行く。

「最近は紅葉が綺麗だねえ。ほら、根津《ねづ》神社の紅葉とかもいいしね」

「そうですね」

「紅葉見に行きませんか、って誘ってみなよ」

「え、今宮さんをですか」

「他に誰がいんだよ」

「あのですね、そういうのではなくてですね」

「言ってみたらいいのに。そしたらさ、カメラ五台くらいと銀色の丸いやつ持って、たぶん二千枚くらい写真撮ってくれるだろうよ」

苦笑いする。

「大丈夫です……おつかい行ってきます……」

おばあさんの誤解はなかなか解けない。なんだか疲れる。


平日の昼下がりはいつもだいたい暇なので、来夏は時間をかけて窓を磨き、棚の埃《ほこり》を払う。ゴミをまとめ、缶やペットボトルを分別していると、「そのクッキーの缶は置いておいてください」と今宮に声をかけられる。店で働いて少し経つのだけれど、今宮の態度は相変わらずで、来夏がいるときにはたいてい裏手の工房に入っており、工房の掃除のときには店舗に出ている。来夏にしても、業務連絡以外に、世間話などしなくてもいいのは気楽だった。

常連客は、来夏がアルバイトに入ったことを知るや、みんなどういうわけかすごく驚き、来夏の顔をじっと見た後、工房から出てきた今宮の顔をちらりと見、また来夏の顔を見て、ふうん、という顔になる。

名前を聞かれて、「山之内です」と名乗り、下の名前も聞かれ、「来夏です」と言うと必ず、「へえ、Leica《ライカ》か。ねえ。お父さんはカメラ好きなの？」と聞いてくるのもだいたい同じだった。もう亡くなりましたと言うと、きっと気を遣わせてしまうので、「そうみたいです」と曖昧に頷いておく。

今宮写真機店の前半分は店舗になっていて、奥の半分は修理工房になっている。来夏は掃除をしながら、精巧なバネや細かな部品や、コンパスの親戚のような見たこともない工具や、ゴーグルみたいな眼鏡を眺める。まだやりかけの修理なのか、分解途中の古いカメラ、皿の上に分類された小さなネジもあった。くしゃみなんかしたら飛んで行ってしまいそうだ、と来夏は思う。工具は使い込まれているが、どれもがきちんと手入れされ、順に並べられているらしいところに今宮の性格を感じる。掃除とはいえ、不用意に触ってしまわないように注意する。

工房にある物や工具、すべての配置を見るにつけ、修理を長年し続けてきた今宮の利き手や腕の長さ、机の上で手の届く範囲、使用頻度の高い工具や、いつも腕を置いている位置などがよくわかり、今宮がここにいなくても、カメラ修理職人としての今宮を雄弁に物語っているような気がする。

今宮が修理している時の手さばきは、少しの無駄も迷いもないので、見ていると快い。だからといってあまりじっと見つめていると、視線に気付いて妙にペースを乱したりしているので、できるだけ邪魔しないことにしている。

今宮の説明によると、いわゆる機械式のクラシックカメラに分類される製品は偉大なのだそうだ。たとえばドイツカメラのライカだと、オーバーホールしてメンテナンスさえしっかりしていれば、親子三代で引き継いでも充分使えるくらいにしっかりした造りなのだという。デジタルカメラだと、パソコンと同じで、内部の機械はどんどん進化していく一方で、一つのデジタルカメラを親子引き継いで大事に使うというわけにはいかない。クラシックカメラは、機構こそクラシックとはいえ、ちゃんと修理すれば今でも現役なんです、と話す時の今宮は誇らしげだった。フィルムの進化により、昔よりいい写りをするものだってある、というのだから驚く。

工房の脇には暗室の入り口があって、現像を自分でするお客さんは時間いくらで暗室を借りていく。近づくと、酢昆布の親戚のような妙な臭いがするのだけれど、その中に入ると面白いらしく、常連客の中でも使っていく人はわりに多い。

二階は今宮が生活する居住部分になっているが、昼間、今宮以外の人間が出入りしている様子はないようだった。

時刻は午後三時になろうとしていた。来夏が手を洗い、コーヒーを淹れようとしていたその時、がらがらとまた扉が鳴った。

そこにはランドセルを背負った小学生がいた。きっとお手洗いでも借りにきたのだろうと思ったら、今宮が「やあ久しぶり、いらっしゃい」と親しげに言う。

小学生はいかにも利発そうな目で来夏を見て、「あ。新しい人、入ったんですね」と言った。

「ちょうどお茶しようと思ってたところだったんだ、古田《ふるた》君もいかが」

古田君と呼ばれた少年は、頷くとランドセルを床におろした。

「ありがとうございます、おかまいなく」と言いレジ前の椅子に腰かける。

来夏がカウンターの奥でコーヒーを淹れつつ、さて古田君には何を出したものかと思っていたら「古田君もいつものコーヒーでいいんだよね、砂糖なしミルク多め」と今宮が言う。

「ええすみません」と来夏に言い、来夏が後ろを向くや「人を入れて経営とか大丈夫なんですか」と小さな声で心配そうに今宮に尋ねているのが聞こえた。小学生にも経営を心配されているようで、思わず苦笑いする。

「古田君は小学五年なんだけど、前途有望なマニアでね。これまたお祖父様のコレクションが素晴らしくて、めまいがしそうなんだよな」と今宮も心なしか嬉しげだ。

「ところであの話、僕すっごく楽しみなんですが――」と古田君と今宮はマニアックなカメラ談義を始めた。年齢差で二十は越えている二人だが、そんなことを忘れてしまいそうなほど二人とも楽しげだった。

コーヒーを出すと、「恐縮です」と言いながら旨そうに飲み、「やっぱり女性の方がいると、こう、何か店の雰囲気も華やぐというか」と、どこで覚えたのだろう、おじさんめいたことを言ってきた。

「中学に無事合格したら、祖父のコレクションからベッサがもらえるというので、僕もう本気でがんばります」と言う。

「ベッサって、来夏さんわかりますか」と今宮が聞く。

ここに来てからクラシックカメラの本を読むようにしていたので、ベッサという名前は知っていたが、実物までは思い浮かべることができなかった。

今宮は工房から一台のカメラを出してきた。「これがベッサⅡです」と言いながら来夏に示す。それは今で言うコンパクトカメラのようにも見えたが、薄いボディには裏表レンズがどこにもない。古田君もにこにこしながら、カメラと来夏を交互に見ている。

「ほらね」と言いながら今宮が小さなボタンを押し前蓋を開くと、中から革製の蛇腹つきレンズが飛び出した。小さい箱がいきなり骨董品のカメラの形に変身したみたいで、手品のようだった。来夏はそのカメラの精巧な造りに見入る。

「持ち運びがしやすいように、いつもは薄く、撮るときには大きくできるっていうのは、カメラ界では一つの革命だったと思いますよ。旧西ドイツ、フォクトレンダーの機能美。一九五〇年ごろのカメラです」と言いながら今宮が、来夏にベッサを手渡してくる。

とりあえずおっかなびっくり両手で持ってみたものの、どこをどう押せばいいのやらもわからず途方に暮れる。

「シャッターが左っていうのも渋いとこですよね」と古田君が言う。

ベッサを今宮に返しながら、「なんか、すごいですね、このカメラ。楽しみ方はお家で眺めて楽しむ感じなんですか」と来夏が言うと、「何言ってるんですか。撮るんですよもちろん」と今宮と古田君、二人分の声が重なった。

「カメラも機械なので、こういった古いカメラこそ眺めてないで撮らないと」

「カビ防止にもなりますし、フィルムを入れないでシャッターを切って、音を聞くだけでも最高です」

古田君がシャッターを切ると、しゃっ、と軽いシャッター音が鳴る。

「ああ……この音」

「そうそう、この音」

古田君は本当にうっとりとした顔で言い、今宮もうんうんと隣で頷いていた。

「でもまあなにぶん古いものですから、この蛇腹の部分なんて、革製だからどうしてもね」

言いながら今宮がベッサの裏蓋を開ける。

「ここから覗いてみてください」

来夏がカメラの中を覗くと、中はプラネタリウムの星空のように点々と光が点《とも》っていた。折り畳まれている、蛇腹の折れた部分に小さな穴があき、光が漏れているらしい。

「カメラの中は必ず真っ暗でないと駄目なんです。こういう穴が一つでもあれば、フィルムが感光しちゃって撮れない。だからこのベッサは店には出してなかったんですけどね。これだけ穴があいてしまったら塞げないので、蛇腹部分を一から折って自作します」

「僕がもらう予定のベッサも、修理が必要なようなんです、シャッターの調子が悪くて。だから、合格して、僕のものになったら、すぐこちらでお世話になろうと思っています」

今宮も笑った。

「待ってるよ。合格を祈ってる」

それから二人はまたマニアックなカメラ談義に戻った。来夏は邪魔にならないよう窓際に移る。

何の拍子か、床に置いてあったランドセルがひとりでに倒れて、丸めてランドセルに通してあった絵が折れてしまった。来夏が拾って古田君に手渡す。

「これ、絵、折れちゃったかもしれないです。大丈夫ですか」

「あ、これもう評価も終わったやつですから……」

と古田君が目を伏せる。

「古田君の絵見たいな」「駄目です」「駄目？　どうしても？」「駄目です」「ねえ一瞬でも駄目？」と今宮と古田君の小学生男子同士のようなやりとりが続く。

照れながら古田君は絵を広げた。

「すごいなあ、最近の小学校って抽象画もやるんだなあ」と感心したように呟く今宮に、古田君は「あ、これキリンの絵です」と小さく言って顔を赤らめた。来夏は古田君があまりにも大人びているので、中身はおじさんなのではなかろうかと思っていたが、やっぱり小学生男子なんだと思い直し、ちょっと安心した。

その後も「――それは理論的には可能かもしれないけれど無理だと思う」「いや、できるのではないかと思います」と、二人でしばらく何事かを議論していたが、急に古田君が時計を見た。「あ。もうこんな時間、塾に遅刻してしまう。母にばれたら大変だ。カメラ捨てちゃうわよ、っていうのが最近の口癖で」

古田君はため息をついて、「男のロマンに理解のないのも困りものですよ」と首を横に振った。

帰りがけ、古田君は来夏に向きなおり、「あ、僕、今度カメラを作るんです」と嬉しげに言った。やっぱり小学生って可愛いな。きっと紙で工作でもするのだろうと来夏は思い、「完成したらぜひ見せてくださいね」と言った。


事件はその数日後に起こった。

そのとき、来夏は奥の工房部分の掃除をしていたところだった。いつもはがらがらと控えめに鳴る扉が、バァン！　と鳴って不穏な雰囲気になる。女の声がした。今宮が応対しているので、来夏は店には出なかったが、だんだんとヒートアップしてきて、扉から漏れ聞こえてくるまでになった女の怒声に、思わず掃除の手が止まる。

「どうしてくれるんですか！　大事な時期なのに！　あなた今の時期がどれくらい大切かわかってるんですか、それを――」

今宮の声はよく聞こえなかったが、なだめている様子はわかる。

「これであの子の人生が決まるってときに、お義父様《とうさま》もなんでまったくカメラなんか教えたのよ！」

母親だ、と来夏は直感した。怒鳴っているのは古田君の母親なんだと。

声が低くなり、二人が何かを話しているのが途切れ途切れに聞こえる。来夏は扉に耳をつけた。異常——おかしくなった——ノイローゼ——パソコンも全部運び出し——廊下にぶちまけて——光を怖がる、などのただ事でない単語に、来夏は眉をひそめた。

「売ったわよそれが何だってのよ！　二束三文にもならなかったわよあんな汚いガラクタ。とにかくもうあの子には関わらないでちょうだい、今度何か売りつけたら訴えるわよ消費者庁に！」

またバァン！　と聞いたことのないような音が鳴り響いた。

来夏がおそるおそる工房の扉から顔を出す。

「消費者庁に訴えるのは難しいんじゃないかなあ」

今宮は疲れた顔で肩を揉《も》んだ。

「お母さんですか。古田君の」

「そうです」

「クレームですか」

「そのようです。古田君、この前の模試で成績がちょっと下がっちゃったらしくて。で、古田君が学校に行っている間に、お母さんはコレクション全部を売り払ってしまった、と」

来夏は唇をぎゅっと結んだ。

「古田君の志望校は、あの名門中学で」

今宮が口にしたのは、誰もが聞いたことのあるだろう、日本で一、二を争うほどの名門校だった。

「ひどすぎます……いくらなんでも、そんな」

「古田君の話を聞くに、お祖父様はかなりのコレクターです。マニア垂涎《すいぜん》のトロピカル・リリーとか、世界に九百十二台しかないアルパ10Dブラックなんかもお持ちだし、発売当時のライカM3なんて、家一軒買えるくらいの値段だったたんですよ。コレクションの話を聞くだけで、昔から相当お金に余裕のあるお家柄なんだとわかります。でも、本当のお金持ちっていうのは、大事な孫に高価なカメラをぽんぽん買い与えたりしないものです。お祖父様は古田君にカメラを渡さなかった」

「じゃあ、コレクションっていうのは」

「今から何年前かなあ。二年くらい前かな、ふらりと古田君が一人で店に現れて、カメラを見て行ったんですよね」と、今宮が扉近くの籠を指さす。

「あの籠はジャンク品っていって、動くけどボロボロだったり、まあ商品にならないようなものを入れるコーナーで。古田君はそれを熱心に一台一台吟味し始めた」

今宮の目が懐かしそうに細められる。

「なんか、子供の頃の俺とそっくりだなって思って声をかけたんです」

来夏は黙って今宮を見つめた。

「お小遣い帳で完璧に管理されてるけど、ちょっとずつ塾の途中のコンビニとかで見切り品を買ったりしてお釣りを貯めて、それでカメラ代を捻出したらしいです。だから全部十円玉とか五十円玉。それで熟考の末、カメラの一つを選びました。国産の量産機であまり高くないものだったけれども、写りはいいものを。サービスも兼ねて白黒フィルムを一本つけて、プリント無料体験券もつけて」

今宮は伸びをした。

「たぶん小学生の一時の好奇心なんだろうなって思ってたら、撮りました！　現像やってみたいです！　って嬉しそうにやって来て。それからはずっとお得意さんでした。ジャンク品ばかりだけれども、古田君に買われたカメラは幸せ者だったと思います。あんなに愛されて、大切にもされて。その様子を見ていたから、きっとお祖父様もコレクションの中から、名品と言われるベッサを譲る気になったんだと思います」

来夏は長いため息をついた。

「それを売っちゃったんですね。大切なものだったのに」

「まあ仕方がないですよ、お母さんも子供の将来を思って必死なんだろうし、何かあると母親の責任にされるんだろうし」

「それにしてもひどすぎます」

今宮の表情も曇る。

「古田君、今、ちょっと精神的に不安定になってるらしくて。家具とかも放り出したり、部屋に閉じこもったりしているそうです。もう手がつけられないって……」

「わたし、お母さんを説得したいです。あれは大切な宝物だったんだって、話せばわかってもらえるかもしれない、それで――」

今宮は首を静かに横に振る。

「塾に通うために定期券を持ってるってことは知ってますが、それがどこからどこまでなのかも知らないし、古田君の家の住所も知らない。最寄りの駅だってわからない。下の名前さえ知らないんです」

「じゃ、ネット検索で」

「古田姓は多いですよ」

来夏は黙った。

「忘れましょう。俺たちにできることは何もないです。俺はただのカメラ屋で、古田君はお客さん。それだけです」

今宮はそう言ったが、それは自分に言い聞かせているようにも思えた。

数日経ったが、その後、今宮と来夏の間ではその話は一度も出なかった。避けていたと言ってもいい。その日、今宮は写真教室の講座のために、昼から店を出ていた。客どころか店の前もほとんど人の通らない、静かな日だった。いつもは繁盛している団子屋も今日はあまり客がいないようで、おばあさんも店先に出ていない。季節はもう冬になろうとしていた。

メモを開いて、昨日売れたコダックシグネット35のところにチェックを入れ、昨日の日付を書いた。

カウンターで台帳を見て、フィルムの在庫をチェックしていると、がら、と扉が鳴り、来夏は視線をそちらに向けた。帽子とランドセルが見え、一瞬、古田君が来たのだと思って、来夏は椅子から勢いよく立ち上がる。

「古田君！」

帽子の下の顔は違っていた。少年はせわしなく背後の扉のほうを気にしている。

「ここ、今宮写真機店で合ってますよね」

来夏が頷く。

「僕、聡《さとし》の頼みで来ました。これをここに渡してくれって」

何かの紙の束を出してくる。

「ちょっと待って、聡君って、古田聡君？　古田君は、その、体は無事なんですか」

「学校はしばらく休んでたけど塾には来てた。とにかくこれを渡してくれって。僕もう行きます」

「ちょっと待って——話を」

「もうあいつとは正直かかわりたくないんです。あいつの母ちゃん——」言いながら少年がぞっと鳥肌を立てる。「あいつの母ちゃん滅茶苦茶なんだ。僕、聡にゲームの話して、聡も面白そうに聞いてた。何もお前も買えとかそういうことは言ってない、ただの雑談だよ。したらさ、次の日さ、僕の家にあいつの母ちゃん怒鳴り込んできたんだ。あなた聡ちゃんを蹴落とすつもりなの、この卑怯者《ひきょうもの》、とかって叫んでさ。こっちは父ちゃんにも母ちゃんにも叱られるし。二度とうちの聡ちゃんとつき合わないで、訴えるわよって怒鳴られて」

　少年は一気に吐き出した。

「今は学校の送り迎えも、毎日あのキョーレツな母ちゃんが車で来てる。僕、聡に塾のトイレで待ち伏せされて、どうしてもこれを谷中の今宮写真機店に持って行ってくれって頼まれた。絶対嫌だって言ったんだけど、迷惑はかけない、ただのプリントだからって。ねえ僕ほんとにもう行っていいでしょ」

　少年は後ずさると回れ右して扉を開け、一気に駆け出した。来夏も追って「ちょっと待って！」と少年の背中に叫んだが、少年は止まらずに角を曲がり見えなくなった。

学校名さえも聞き出せなかったことに、来夏は頭を抱えたくなったが、それよりも今はこのプリントの束だ。きっと何かのメッセージが書かれているに違いない。

プリントは塾での小テストのようだった。サイズはＢ５で、厚みからして二十枚はありそうだった。そのどれもが古田聡、と強い筆圧で書かれており、ほとんどどれもが満点だった。何カ月分かのものらしかったが、日付はばらばらで、順番も日付の通りには並んでいなかった。

算数の問題がほとんどで、七角柱の九つの面に番号がどうのこうのや、正六角形の中の斜線部分の面積がどうとか、小学生が解くらしい算数問題でありながら、来夏にはとても解けないような問題ばかりで唸《うな》る。来夏はメッセージを探したが、そのどこにも手紙らしいものはなかった。何度も読み返し、もしかして小さい文字で書いてあるのかと、工房から虫眼鏡まで拝借してチェックしたり、日付や点数が語呂になっているのかと数字を書きだしてみたが、そこにはなんの法則性もないようだった。

ただの小テストだった。

なぜこんなものを――来夏は思う。もしかして、それほどまでに心の状態が悪いのだろうか。どうしてもここに来たくて、でも来られなくて、せめて小テストだけでもここに届けた？　しかしそれなら、何も小テストでなくてもよいような気もする。

わからない。来夏が机に突っ伏すと、一枚のプリントがひらりと床に落ちてしまった。拾いながら、裏に何かが鉛筆で引かれてあるのに気づく。それは一本の線だった。来夏は閃《ひらめ》いて、全部のプリントを裏に返す。すると、そのどれもに線が引いてあった。あるものは曲がり、あるものは塔のように尖り。

これは、絵なんだ。来夏にはぴんときた。来夏は線をたどり、パズルのように一枚一枚をつきあわせる。

「できた」

それはB5の五枚×五列、畳一畳分くらいの大きさの、一枚の大きな絵になった。仮留めとして、セロハンテープで留める。一筆書きのようなタッチで、鉛筆で街並みをデッサンしたものらしい。紙がばらばらの時は、それがなんだかまったくわからなかったが、こうやってパズルのように組み上げると、実に精巧な街並みのデッサンとなった。

豪邸とも言える家々が立ち並び、遠くにレンガの壁のようなものが見える。奥には木立が広がり、車が停まっている様子もうかがえる。

絵を眺めながら、来夏はどこかぞっとしたものを感じていた。鬼気迫る、と言った描写力だった。どう見ても子供の――この前見た古田君のキリンの絵の様子とは、とてもではないがかけ離れている。大人が代わりに描いたとも思おうとしたが、それならなぜそんなものを渡してきたのか意味がわからない。

カメラを失ったことで、自分がカメラになろうとして、見たままを細かく描くことに執着しているのだろうか。来夏は、ある絵のことを思い出した。脳の病状が進むにつれ、絵のタッチもまったく違うものに変化していった画家の絵のことを。もしかして、古田君の心の様子は、自分が考えているより、もっと悪いのかもしれない、来夏はその絵を前に考え込んでいた。

がら、と扉が鳴り、襟《えり》元に赤いマフラーをぐるぐる巻きにした今宮が帰ってきた。

来夏の顔色を見て、何かただ事でないことが起こったとわかったのだろう、店に入るなり「何かありましたか」と尋ねてきた。

「……今宮さん、これ、この絵」

言いながら来夏は絵を指さす。

今宮が不在の間に起こったことを話した。古田君の友人が来たこと。その少年がひどくおびえていたということも。

「なるほど、それで、裏に絵があったと。なかなか冴えてますね」

「でも。わたし、心配です。古田君がどんな気持ちでこれを描いたのか、どうしてこれをここに届けてもらったのか……」

今宮はしばらくその絵を見つめていたが、無言で絵の天地を逆にした。

仕事が済んで、帰ろうとする来夏に、今宮は「明日はスニーカーで来てください」

と言う。「暖かい格好で」とも付け足した。

翌日、スニーカーを履いた来夏が店に着いたとき、ちょうど今宮も出てきて、やはりマフラーをぐるぐる巻いた格好で、店の前に〝臨時休業〟の札を出した。

「来夏さんに手伝ってもらいたいことがあります」

「何でしょうか」と怪訝《けげん》な顔になる来夏に、「この地図を頼りに、探したいところがあるんです」と、昨日パズルのように組み上げたあの絵を、がさがさと出してきた。鞄の中から来夏が、屏風《びょうぶ》畳みにしてあった。

「見にくいので、スキャンして加工して、縮小版も作りました」と、一枚の紙を渡される。

「え。でも今宮さん、これ、ただの絵ですよ。想像の中の絵かもしれないし、何かの写真を見て模写したものかもしれないし、記憶の中の風景とかかもしれないですよね」

「いいんですよ。ほら、ここ、特徴のある形のレンガ塀があるでしょ。これたぶん、六義園《りくぎえん》ですよ。それからこの隅に学校らしきグラウンドも見える」

「でも、たまたま似たってことはないですか」

「まあまあ、行ってみないとわからないこともありますから」

今宮は駅に向かって歩き出す。今日も今宮の髪の毛は、はつらつとあちこちを向いている。来夏は今宮に従って歩き出そうとした。団子屋のおばあさんが、親指を立てて拳を高くあげているのを、「違いますから」と声を出さずに言い、「し・ご・と」と口で大きく形を作って、手をぶんぶんと横に振った。

今宮に見られて、「え、何やってんですか」と怪訝そうにされる。「何でもないです」と言って後に続いた。

「行き先は本駒込《ほんこまごめ》駅です」と言う。本駒込駅に着くなり、今宮はさっきの紙を取り出した。

「じゃあ道のこの角度に、壁が見える位置を探して歩きましょう」と言い歩き出す。

簡単なことのように思えたが、場所探しは難航した。道一本違うだけで、景色は微妙に違って見える。

道中、リサイクルショップを見かけると、今宮は「あ、ちょっと見てこようかなあ。たまに意外なカメラの掘り出し物があるので」などと、のんきに入っていったりするので、見通しもまったく立たず、目的地に近づいてきたという手応えも感じず、そもそもその地図とやらにも最初から懐疑的だった来夏は、今宮のマイペースぶりに少々うんざりしながら、「もう、そこのカフェでコーヒー飲んでますから」と言って喫茶店に入った。足が疲れてだるい。こんなに歩いたのは本当に久しぶりだった。

しばらくして今宮が来夏のところへやってきた。

「何か掘り出し物はあったんですか」「いやまあね」と要領を得ない。

「あの。もうわたし、帰っていいですか」「もうちょっと頑張って。甘いものを奢《おご》りますから」と今宮が笑う。

左に曲がり右に折れ、一本奥の道へ奥の道へと進み、犬に吠えられ道に迷い、公園でしばらく休んだりして「あの、もうそろそろ諦めませんか」と来夏が言いだしたその時、「ここだ」と今宮が指をさした。

高級住宅街の一角だった。

「嘘《うそ》みたい……」

来夏は絵が本当に正確だったことに驚く。絵と風景を細かく見比べても、絵は完璧に見た風景を描写していた。今宮は無言で一点を見上げていた。来夏もその視線を追って「あ」と声を上げげた。その豪邸の表札には、古田とあった。

「古田君の家」

来夏も今宮と並んでその豪邸を見上げた。石垣にぐるりと囲まれた、洋館と見まがうばかりの規模に驚く。

しかしその二階部分の一部屋だけが、異様な雰囲気を漂わせていた。

そこだけ真っ黒なのだ。大きな窓に中から黒ビニールらしきものがびっちり張ってある。

来夏は不吉な想像をした。排気ガス自殺の車は、窓をしっかりと目張りして排気ガスが漏れぬようにするという。その黒い窓は、この世のあらゆるものからの接触を拒んでいるかのようだった。野生動物でも傷つけば、傷を癒すために穴ぐらなどに入って、じっと体を休めるのだという。あの部屋で膝を抱えて壁を眺め、微動だにしない古田君を思う。

たとえ成長し、また新しいカメラを買うことができるようになったとしても、カメラを初めて自分で手に入れた時の気持ちはもう返ってこないのだろう。粉々に割れたレンズみたいに。古田君の心を思い、来夏はその黒い部屋をただ見上げた。

今宮はがさがさと大きな絵のほうを取り出すと、少し眺めた。仮留めテープを一枚一枚はがし、小テストの束へと戻す。

「来夏さん、背中をお借りします」と言う。背中で紙の束ががさがさすると思ったら、来夏はくすぐったさに体をよじった。鉛筆か何かで文字を書いているらしい。

「あの、何を」「もうちょっとで済みます、あと四枚、あと三枚、ほらできた」

書き終わると、今宮は紙の束を、トランプをするときのように繰って、順番をばらばらにした。端をクリップで留める。

来夏も気になって裏をめくると、どうやら一枚一枚にひらがなを書いたらしい。

「何を書いたんですか」「いやまあ」「お手紙ですか」「そんなとこです」

今宮がのらりくらりとかわす。疲れていることもあって来夏は黙った。

「じゃあ来夏さん、これを古田家の郵便受けへお願いします」

「え、せっかくここまで苦労して来たのに、肝心の古田君には会っていかないんですか。手紙だけなんて」

「今日はこのために来夏さんにおつき合いいただいたんですよ、今日の大役です」

「何でわたしなんですか。せっかくだから、今宮さん自身が、来ましたよって届けたほうが古田君も喜ぶんじゃないですか。元気も出るかも」

「ほらあそこ。カメラ」と指さす。確かに門の前に監視カメラがある。

「訴えるわよ消費者庁に！　ですからね。俺は顔を知られてるし、古田君に迷惑がかかるかも。頼みます」と今宮が手を合わせる。来夏は郵便受けを探した。背よりも高い鉄の門扉には、鈍く金色に光る、つる草模様の繊細な飾りがあり、そこから見事な庭園も透けて見えた。噴水まである。門構えからして普通の家の規模ではない。郵便受けも星座のレリーフで飾られており、来夏は、お金持ちって、郵便受けの造りからしてもうお金持ちなんだなあと妙なことに感心した。門の部分に人がひとり余裕で住めそうだった。


今宮のところに戻ると、今宮はあっさり「じゃ、店に帰りますか」と言う。来た道を帰り出す今宮に、一瞬呆気《あっけ》にとられながら、来夏も続いた。これで少しでも元気が出ますように、と古田君の部屋をもう一度振り返る。

臨時休業の札をそのままに店に入る。歩き回った疲れが足に来ていたが、コーヒーを一杯飲むと、少し気力が回復した。

「来夏さん、棚の一番下、一番左端にあるカメラを取ってください」と言う。来夏はそこにあった一つのカメラを取り上げようとした。

「それじゃないです。その横」

来夏は驚いた。それは、どこからどう見てもただのクッキー缶にしか見えなかったからだ。これはクッキー缶を精巧に模したカメラなのだろうか、甘い物好きな女子向けに開発されたのかもしれないと思い、来夏がその缶を手に取る。

拍子抜けするほど軽かった。重さをまったく感じない。まるでただの空き缶のようだ。見ればレンズらしきものもない。

「開けてみてください」

今宮の言葉に従って缶を開けてみる。缶の中身は何もなかった。ただの缶でしかない。少し違っているのは、中が黒く塗られていることくらいだ。

「これ、ただの缶ですよね。今宮さん、これをカメラって」来夏は、今宮の冗談だと思い笑った。

「カメラですよ、正真正銘の」

「でもレンズもないし――」

「ピンホールカメラって聞いたことないですか」

今宮はその缶を手に持った。

「ピンホールカメラは作ることができます。作り方は簡単、何でもいいから、光の入らない箱とか缶とかを用意して、中を黒く塗ります。それでピンホール、つまりピンの穴を開けてできあがり」

言いながら今宮が缶を示す。

「ここにあるでしょ、小さな穴が。いったん大きめに穴を開けて、銅板に小さな穴を開けて中から貼り付けたものです、見えますか」

来夏が覗き込むと、なるほどピンで開けたような穴がある。しかしこんなもので写真を撮れるとはとても思えなかった。

「本当ですか。だってレンズもないのに」

「じゃあ撮ってみますか。ついでに来夏さんに、貸し暗室の説明もしておこうと思っていたから、ちょうどいいです」

「でもこれ、フィルムとかはどうするんですか、ただの缶だからフィルムを固定するところもないし」

来夏が言うと、今宮はセロハンテープのようなものを出して小さな輪っかにし、缶の中の数カ所にくっつけた。

「ここにテープで二号の印画紙を切って留めます。シートフィルムっていう、巻いてない形のフィルムも使えるんですが、今日は幸い天気もいいし、説明がしやすいので印画紙でやりましょう」

今宮は言いながら十センチ角程度の四角を人差し指と親指で作った。

「来夏さん、家には暗室はなかったんですよね」

「ええ、フィルムの現像は写真館に任せていたと思います」

「本当はダークバックといって、手を入れるところがある黒い袋のようなものでもできるんですが、暗室のほうが説明しやすいので」

言いながら今宮は、ポケットを探って髪ゴムを取り出し、適当に髪を後ろでまとめると、ぼさぼさだった髪を一本に縛った。

「では暗室へ」

暗室は二人入れば満員という狭さで、その狭いところへ、得体も知れない雑多な用具や、よくわからない機械が詰めこまれており、酢のような妙な臭いもするものだから、今まで掃除以外では、あまり進んで出入りしなかった場所だった。

今宮と腕が触れそうで触れないくらいの微妙な距離でいる。

「ではこれが今回使用する印画紙です」

作業台の引き出しから紙箱を出す。引き出しの中は真っ黒に塗られていた。

「不用意にこの紙箱を開けると、中の印画紙が感光してしまうので、取り扱いには気をつけてください」

すっきりと髪をまとめた今宮の首筋をちらりと見上げる。伏せたまつ毛が長い。今まで長袖だったので、腕をまくったところを初めて見た。すっと伸びた腕に筋が入り、意外に筋肉質なんだな、と思う。やっぱり手が大きくて指が長い。

「というわけでシャッターは指で操作します。シャッターを開けると、このクッキー缶の内側の壁面に、ピンホールを通ってきた外の映像がそのまま、上下逆、左右逆に写ります。構造は以上です。では来夏さん、電源を落としてもらっていいですか」

「え。あ。はい」

戸口の所の電源を落とすと真っ暗になった。目を開けても閉じても何も変わらない。自分の輪郭が曖昧になってくる気がした。

「この状態のままだと作業がしにくいので、セーフライトをつけます。印画紙は赤色の明かりには感光しません」

明かりがついた。目の前が赤く弱い光に包まれる。紙箱から取り出した印画紙を、今宮がカッターで切る様子を隣で見る。所作に迷いがなく、なんとなく茶道の点前を連想した。切った印画紙を缶の中に貼り付ける。

「これで印画紙のセットが終わりました」

暗室の扉を開けて外に出ると、今宮の背後で、来夏は気付かれぬよう大きく息を吐いた。

今宮がさっきの缶を小脇に抱え、店の中の椅子を一脚持った。表の扉を開け、店の外へ出ていく。来夏は、何をやっているんだろうなあと思いながらガラス越しにその姿を見ていた。今宮は、道路を挟んで、道の反対側に椅子を置いた。次に椅子の上に缶を置いて時計を眺め、しばらくして缶を小脇に、また戻ってくる。

「撮りますよ、っていうか撮りました」

言いながら今宮が椅子を元に戻す。

「え、もう撮ったんですか、わたしぼんやりしてたのに」

「いや、まあ今日のはテストですから気にせず。今撮れたのを今度は現像します」

ビニールコーティングされたエプロンを手渡される。バットを三枚用意し、これが現像液で、これが停止液で、温度はどのくらいで、とメモを細かく取りながら準備を手伝う。停止液がとにかく酢臭くて、妙な臭いのもとはこれかと思った。流しにも一枚バットを敷いて、細く水を出す。

明かりを落とし、暗室用のセーフライトをつけると、また部屋が赤い光に包まれた。

来夏は今宮と体が触れないよう少し離した。

「さっき撮った印画紙を缶の中から取り出します。印画紙を、この現像液のバットに入れて、と」

トングで揺らす印画紙の上、最初うすいもやもやだったものが、次第に形をとりだして、ふわっと像が浮かんできた。「あ」と声を上げる。今宮写真機店の外観がしっかり写っている。嘘みたいだ。レンズもない、ただの缶なのにどうして。

「現像液が約九十秒ですね。最初がどうしてもムラになりやすいので、このように液の中で動かします。次に隣の停止液に入れて、この画像をこれ以上現像が進まないように中和します。十五秒。この臭いは停止液の酢酸のせいです。次はその隣の定着液で――」

メモを取る。どこからか聞こえる水音と、途切れることなく説明する今宮の低い声は、来夏の耳には一つの音となって混じりあう。目の前が赤い光に照らされているせいか、現実感覚をどんどん欠いていくような気がする。来夏はメモにペンを走らせながら、とりとめもない思考の海にとぽん、とはまり、底へ向かってゆっくりと落ちていくような気がしていた。

その時。

「来夏さん、ごめん」

今宮の声がして、はっと来夏が顔を上げる。今宮の手がそっと来夏の耳のあたりに伸びる。

来夏は肩をびくりとさせ固まった。今宮は来夏の後ろの照明スイッチを押し、部屋は赤い光からふつうの光へと変わった。

「狭くてすみません。定着液には五分くらい浸しておくんですが、三十秒くらいしたらもう明かりをつけても大丈夫です。仕上がりをチェックします。最後に流しのところで水洗して終了です」

今宮が言い、来夏はさっき、びくりとしたのが見られていませんようにと念じながら、頷いてメモを取った。

ほら、と専用の印画紙乾燥機で乾かした印画紙を示される。確かに写真にはなっているが、明るい所は暗く、暗い所は明るくと、白黒が反転していた。

「ネガと同じで、このままだと画像の白黒が反転していますから、まっさらな印画紙の上に、この白黒反転した印画紙を置いて、もう一度上から光を当てます。それから、さっきの現像液などの工程を繰り返すと、できあがりというわけです」

さっきとほぼ同じ工程をもう一度繰り返す。現像液の中にふわっと浮かんできた像に、来夏は目を見開く。今宮写真機店の中、そこには素の自分が立っていた。訝しげな顔でじっと外を見ている。ただの缶なのに、こんなに鮮明に写るとは思ってもみなかった。

「レンズなしでも意外に綺麗に写るものです。ピンホールカメラの特徴として、このように画面全体にピントが合った状態になります。ちょっとふわっとした描写にはなりますが、それがまた味があるというか」

今宮は髪のゴムを外して、わしゃわしゃと髪をかき回し、満足げに息をついた。そうなるとくるんくるんでわさわさの、いつもの今宮に戻る。印画紙乾燥機の乾燥を待つ間、カウンターの椅子に座って待つことにした。

「で、わかりましたか」と、今宮が来夏の顔を見た。

「何がですか」

今宮は「だから、今日の、ほら」と促す。今宮は缶を指さした。

来夏の表情がはっと変わったのを見て今宮が頷いた。「そうですよ、古田君の部屋はカメラになったんです、ピンホールカメラに」

「暗い部屋」

来夏は固まった。

「古田君、帰りがけに来夏さんに言ってたでしょ、今度カメラを作るんだって。本当は工作がてら、今日のクッキー缶のピンホールカメラを二人で作るはずだったんですけどね。自分の部屋をまるごとカメラにしちゃうとは、古田君らしいと言えばらしい」

今宮は、もうすっかり暗くなってしまった窓の外を眺めた。

「古田君は、カメラを作ったら見せるという約束を守ったんですよ」

来夏は古田君の利発そうな顔を思い出していた。

「でも、病んでるってお母さんも言ってたじゃないですか、部屋もめちゃくちゃになったとか。あれは」

「部屋をカメラにするために、暗室みたいに完全な闇にするためには、パソコンの電源とかの、小さい明かりさえも排除しなければなりません。けっこう暗闇でも明かりを発している電化製品は多いものです。古田君はそれを廊下にすべて放り出した」

今宮が続ける。

「あの豪邸は天井高が高いタイプで、窓も天井まで届くような大きなタイプだったでしょ。たぶん脚立もない古田君は知恵を絞った。本棚の中の本を全部放り出したり、いろいろ家具を積み上げたりして踏み台にする。部屋は当然荒れ放題になる」

一体何事が起こっているのかわからず、おびえる母親の様子もわかるような気がした。

「画像を結ばせるための、白くて何もない壁を確保するために、そこにある家具も全部廊下に放り出したに違いない。それから彼は実験を繰り返し、やっと満足のいく街並みの画像を得た。それを自分の影が映らないように腕を伸ばしながら、少しずつ鉛筆でなぞる。ラテン語でカメラ・オブスクラは〝暗い部屋〟を意味します。十五世紀には画家の間で、正確な遠近感を得るために用いられていたといいます。今のカメラの原型です」

今宮がパソコンを検索して、カメラ・オブスクラの図解を見せる。暗い部屋の中で、光が天地逆向きに像を結んでいる。その風景画像を、筆で写し取っている画家の絵だった。

「でもどうして、手紙じゃなくて、この絵を」

「届けてくれる人がいなかったんじゃないですか。誰も」

そう言って今宮がため息をついた。

「手紙なんかを運んでもらえば、あとで母親にばれたらまた面倒なことになりそうだと思ったんでしょう。だから一見何の変哲もない小テストだと思わせようとした」

そこまで言った途端、がらがらと扉が鳴って、「お荷物のお届けです」とリサイクルショップの制服を着た、配送員が入ってきた。

今宮が受け取りにサインをする。「思ったより早く着いた」と言いながらその段ボールを机に置くと、重そうな音が響いた。

中身は梱包材に包まれたカメラ数台だった。どれもが古く、使い込まれている。

来夏ははっとした。

「そのカメラ、もしかして——」

「本駒込のリサイクルショップで、ワンコインのワゴンに並んでいました。送料のほうが高くつきましたよ。誰にも買われてなくて何よりです」

今宮はシャッターを空で切り、その音に耳を澄ませ、「よし」とひとりごちた。

「でもどうして売られた古田君のカメラが、あそこにあることを知ってたんですか」

「いや別に。きっとあのお母さんはカメラ屋を探してまで高く売ろうとかは思わないだろうし、かといってゴミのように捨ててしまうのは、さすがにあのお母さんでも気が引けたんでしょう。最寄りのリサイクルショップを二、三あたれば、多分出てくるのではないかと思っていました。だから古田君の家の位置さえわかればきっと、と」

今宮がすべてのカメラのチェックをし始める様子に、来夏は見入る。

「商品価値はワンコインのワゴン品かもしれませんが——」今宮はファインダーを通して来夏を見た。「この世には、値段の付けられないものだってある、と思います」

＊

古田聡の日常は元に戻った。荒れた部屋は、あるべき位置にあるべきものが戻り、窓に接着剤でべったりと貼り付けた遮光シートやテープはすべてはがされ、内側からの鍵も、バリケード状に積んだ家具もすべてが撤去された。

通いの家政婦には迷惑をかけてしまった。すべて元に戻すのに、丸二日かかったという。

母は口を開けば、お前のためにやった、今のなまけ心は将来をふいにする、将来後悔したくなければ今、全力で取り組むことだと同じことを繰り返す。そうやって繰り返していれば、子供がまっすぐに育つとでも思っているらしい。

ノックの音がする。

「聡さん、失礼いたします。お茶をお持ちしました」と言うので、問題集の手を止め、中から返事をする。

家政婦の藤井《ふじい》だった。彼女はこの家に勤めて長い。聡がそれこそ、よちよち歩きのころから週三で来ている。

藤井は微笑みながらお茶を出したが、一瞬だけスペースの空いた棚に視線が止まり、ふっと笑みを引っ込めた。それでも、何も口に出さずにいてくれるのはありがたかった。慰めの言葉も。

聡がカメラ・オブスクラを準備している様子を藤井は見ており、少なからず驚いたようだったが、藤井は何も言わなかった。母がこの部屋を強行突破するのに時間がかかったのは、後に聡の部屋の合い鍵だけが、どういうわけか紛失していたためだと知った。

「聡さん、これが郵便受けにございました。きっとお友達が届けにいらっしゃったんでしょう」

藤井がそう言って、見覚えのある紙の束を出してきた。聡は落胆する。あれだけ頼んだけれど、やはり今宮写真機店には届けてくれなかったのだな、と。

一礼をして、藤井は静かにドアを閉めた。

聡は今宮写真機店を思う。急に来なくなった自分のことを少しでも話題にしてくれるだろうか。

いや、そんなことはない。自分はたくさんいる客の一人にしかすぎないのだ。そういえばあの子最近見ないね、の一言で終わるだろう。そうやって、誰からも忘れ去られる。

聡はプリントの束をまとめてゴミ箱に捨てた。そのまま問題集の続きをし始める。しばらく没頭し、きりのいいところまで解いて、思い切り背中を椅子に反らせた。首を回したその時、ふと視線が、ゴミ箱の中のひらがなに止まった。

の

プリント裏に書かれた「の」。

の？　そんなものを自分は書いた覚えはなかった。聡はゴミ箱からプリントの束を引っ張り出す。「ひ」「ま」「べ」

聡は床に全プリントをぶちまけ、自分が描いた絵の記憶を辿《たど》りながら元通りに組み上げた。左上から右へ文字を順に辿る。

またいつか
おいでベッ
サのぶひん
はうらない
でとっとく

聡は、そのひらがながだんだん滲《にじ》んでいく様子を、床に両手をついたままじっと見つめ続けた。

いつしか満月が昇り、聡の暗い部屋に少しだけ月明かりがさす。

ベッサⅡ

第三章　小さなカメラを持った猫

ぶかぶかになってしまって、歩くたびにくるくる回っていたスカートが、いつの間にかちゃんと収まるようになってきていた。三食、朝ご飯も規則的に採るようになって、全体的に少し肉がついたらしい。スコーンを食べながら、来夏はふと、昔のことを思い出していた。

その朝も、机の上に万年筆で書かれた書き置きがあった。いつもながら達筆だと思った。〝来夏へ　今日は朝一でテレビ会議だから、先に出ます。高校に遅刻しないように。ロドルフ・ムニエのバターを買ってあるから、スコーンにつけて食べること。晩はなるべく早く帰れるようにする〟

なるべく早く帰れるようにする。来夏は口の中で繰り返して、その藍色の文字にそっと触れた。懐かしい記憶だった。

今日はいつもと違う、日暮里の南改札口から出る。高架を渡り、階段を上ると、谷中霊園は桜を楽しむ人たちで溢《あふ》れていた。見事な桜のトンネルをくぐりながら歩く。

三崎坂の途中で和菓子屋さんに寄った。この前買った水ようかんがあまりに美味しかったので、ふと壁を見上げたら、ずっと前の首相の写真が飾られていた。見上げていると、おじいさんが笑って、「うちの赤飯を炊いて持って行って、官邸でおにぎりにしたりしていたんですよ。うちの赤飯のおにぎりは美味しいですよ」と言うので、二個追加して包んでもらう。

今宮写真機店は、来夏が来るまですべてがクラシックのフィルムカメラだけだったのだが、最近窓の見えるところに二、三、材質がプラスチックのものや、形や色が可愛い、いわゆるトイカメラという種類のものを置いてみたら、通りすがりの若い女性などに売れた。それに気をよくしたのか、今宮は新たに外からよく見えるところに木の棚を導入、トイカメラ類も並べるようになった。おもちゃっぽいトイカメラといっても、どれもフィルムを使うもの、というのが今宮が譲れないぎりぎりの線のようだった。

「これ見て、道行く若い女子たちは、あ、このカメラ可愛いーってなります」今宮が言うのを聞いて、来夏も頷く。

「カメラってけっこういいかもー、あ、奥にもカメラがあるのね、となります」来夏もちょっと迷いながら頷く。

「じゃあ次はこっちのカメラも買ってみようかしら、と言ってその子たちはカメラの沼にずぶずぶはまっていくんですよ、レンズが違えば描写も違うし、フィルム変えても楽しいし」

「うーん、それはどうでしょう」

そのせいかどうかはわからないが、来夏にもよく、「これは可愛いのか」「こんな感じはどうなのか」「持ってみたいか」などと、よく聞かれるようになった。

「来夏さんより若い子なんて、フィルムも見たことなさそうだしなあ」なんてことも言っていた。

フィルムを使うトイカメラは、九〇年代に一度トイカメラのブームが来て盛り上がったという。でも今はやはり、トイカメラの主流もデジカメに移ったらしい。トイデジカメというのだそうだ。

今宮が一台のトイカメラを差し出してきた。「これ、構えてみてください」

なんとなく構えてファインダーを覗いてみる。

「思ってたんですが、カメラを持つとき、来夏さんはいつも右に傾く癖がありますね」

自分ではまったく気付かないので驚いた。「え、今まっすぐですよね」

「いいえ傾いてますよ。構え方の癖って結構、人それぞれありますから」

カメラの下にそっと今宮の指が伸びて、ほんの数ミリ持ち上げられる。

「あ、もしかしてあれかも」

言いかけて黙る。

「あれって何ですか」

「いいえ。わたしちょっと昔、右腕を痛めたことがあって。もうすっかり治ってるはずなんですけど」

来夏は夕方の空をゆがみガラス越しに眺める。

今宮写真機店のお客さんはいろいろだ。ただガラス棚に並ぶカメラを眺めて帰る人もいれば、「これ本当に写るんですか」と気になる様子の人もいるし、毎日通りすがりにギャラリーだけ眺めていく人もいる。

買い取り希望だとカメラを持って店に入り、購入だとカメラを買って店を出る。というわけで扉ががらりと鳴る時点でカメラを持った人の割合は高い。

今日現れた女の客もどうやらカメラを持っているようだった。持っているというと正確ではないかもしれない。製氷機でできる、氷のひとかけらのような立方体を、人差し指と親指の間につまんでいた。よく見れば、その立方体から横に黒いものが突き出ている。

「すみません、こちらカメラ屋さんということなので、ちょっと伺いたいことがあるんですが」

女はそのカメラを差し出しながら言った。女は体のラインを隠すような、品のいいシンプルなワンピースを着ていた。世の中には生活背景のまったく読めぬ女性の一群がいる。物腰から、きっと三十代後半から四十代なのだろうが、素敵なお姉さん、という形容がいつまでも似合うような外見だった。

しかし女の表情は硬く、来夏は何かのクレームではないかと身構える。持っているものはトイカメラのようだったが、そんなカメラは店では見た覚えがなかった。何かの動物の絵がついて、プラスチックのおもちゃのようだ。ひどく小さい。

女の体からは、ピンクの花束を思わせるような、香水のよい香りがふわっと立ちのぼる。しかし来夏は、花の香りと、それに混じるある匂いに気がついた。それが何かはわからなかったが、あまり嗅いだことのない不思議な匂いだった。線香とも何かの煙とも違う、もっと他の何か。もしこれが香水だとするならば、変わった香水だと思った。

「はい何でしょう」

と、カメラに興味を示した今宮が言う。

女は、「猫がカメラを持って帰ってきたんです」と言った。

「え、すみません」

何かの聞き違いかと思ったのか、今宮が問い直す。

女はまた硬い表情で、「猫がこのカメラを……」と言いながら体をふらつかせた。あわてて来夏が椅子を勧める。貧血を起こしているようだ。椅子に腰を下ろし、うなだれた様子でしばらく目を閉じていたが、来夏の持ってきた水を一口飲むと、「ありがとうございます」と言って頭を下げた。

「すみません、ここのところずっと寝てなかったものですから」と言った。

「私、地域でこういう活動をしております、代表の柳井理子《やないりこ》と申します」と言いながら名刺を出してくる。角の丸い名刺には、「地域猫との共生を考える会　キャトルシャノワール」とあった。

「黒猫《シャノワール》は四匹《キャトル》なんですか」

今宮が言うと理子は少し目をみはり、それから薄く笑みを浮かべた。

「いえ、最初は黒猫四匹から始まって、今こちらのシェルターで保護しているのは十一匹です」

「地域猫活動って、たしかボランティアで、捨て猫を保護したり里親を見つけたりする活動でしたっけ」

今宮が言う。

「ええ。他にも、地域の野良猫がこれ以上外で繁殖しないように避妊手術を行って、耳をVの字に少しカットすることで印を付けて放したり、餌や猫トイレなどを提供する運動をボランティアさんと一緒にしています」

「それで、その猫がカメラを持って帰ってきた、と」

来夏は猫がこのカメラをくわえて帰ってきた様子を思い浮かべた。

「持って帰ってきたというと正確ではありませんね。首輪につけてきたということなんです。ちょうど、猫の鈴みたいに首の下に」

今宮がカメラを丁寧に受け取って眺める。

「それがこのカメラなんですか。確かにネズミじゃないけど、ハリネズミの絵がついてますね、ここ」

「かわいいです」来夏も言う。

「トイカメラの種類にはそんなに詳しくはないんですが、これは確かにカメラ、しかもフィルムカメラですね。確か、ハリネズミカメラって言ったかな。この横に長く張り出した部分は110フィルムと言って、七〇年代に流行しました。これだけでカートリッジのようになって、取り外すことができるフィルムなんです」とフィルム部分を示しながら、今宮がカメラの裏部分をチェックする。

カメラ部分は小さな四角だが、フィルム部分は、上から見ると数字の6を二つつないだような形になっている。6の丸の部分がフィルムらしく、左の円柱に巻かれて入っており、シャッターを押すたびに右の円柱に巻き取られていくという仕組みらしい。その長細いフィルムを、カメラが挟んでいるという造りだった。

「一体何なんでしょう。いやがらせだとしても意図がよくわからなくて。気味が悪いんです」

理子が辛そうな顔になって額に手を当てた。

「いやがらせ、とは。何かありましたか」

今宮が聞くが、理子は「ええ、もう、いろいろありすぎて……」と口を濁した。

「フィルムの残りはあと二枚。これ、シャッターには一度も触らずにお持ちいただいたんでしょうか」

「ええ、よくわからなかったものですから、そのまま持ってきました」

「たくさん写真を撮った猫さんですね、というのはまあ嘘で、そうなるとちょっと不思議なことになりますね」

「ええ」理子は頷く。「いったい何なんだろうって訳がわからなくて」

「どういうことですか」

　来夏が聞いた。

「このカメラ、まずここの右上のシャッターを押す、そうしたら写真が撮れるんですが、そうしたらその都度、フィルムを巻かなくてはいけないんです。かりかりかりかりって。そうしないと次のシャッターが切れない」

「ということは、猫ちゃんじゃ、きっとフィルムは巻けないですね」

「ええ」理子も頷く。

「じゃあ、このカメラの中のフィルムには何が写っているんでしょう。そして誰が撮ったんでしょう」

　来夏も不思議に思った。

「それを知りたくて、こちらにいらっしゃった、というわけですね」

「ええ、どこも110フィルムは、もう取り扱ってないんです。本部に送るしかありませんって言われてしまって。もしかしてここなら、古いカメラを扱っているから、カメラのこともフィルムのこともご存じかもと思って」

「なるほど」

今宮が考え込む。

「心当たりはないんですよね」

「ないといえば、ないこともないんですが」

と理子は限りなく歯切れの悪い言い方をした。

「実は、こういった活動をしているものですから、いろいろなことがあります。もちろん、地域の人たちには理解してくださる人もたくさんいます。でも、やはりどう手を尽くしても理解してくださらない方もいるんです。猫が花壇に糞《ふん》をした、車のボンネットに傷を付けた、春先の声がうるさい、いろんな理由で地域猫活動に腹を立てておられる人がいます。そういう人にも理解をしていただこうと、まめに掃除に伺ったり、お家の周りに猫の忌避剤を撒《ま》かせていただいたり、猫トイレの場所を増やしたりしているんですが、やはりお嫌いな方はお嫌いなようで」

来夏も猫自体は大好きだけれども、せっかく植えた庭の花に糞をされた時や、ゴミを漁《あさ》って生ゴミが汚らしく道にぶちまけられている光景を見ると、困ったなあと思う。

野良猫がたくさん集まることで、嫌がる住人の気持ちもわからないわけではなかった。

「それで一度、以前住んでいた地域の方と大きなトラブルになってしまって、今の家に引っ越してきたんです。もう二年くらいになります。猫はテリトリーを重んじる動物ですので、引っ越しを嫌います。やっと猫も私も慣れたところなんです。大家さんは幸い理解のある方で、前の地域で移転先を探していたときに、ブログのほうに連絡を頂いて。そういう活動だったら、家で猫をどれだけ飼ってもかまわないとおっしゃってくださってるんですが。でも、やはりこの運動がうまくいけばいくほど、遠くからわざわざ家の前に捨てにくる人もいたりして。すべての方に理解を得ようと思うのは難しいようです」

「そうだったんですか」

「ここに移る前は、張り紙やなんかで、いやがらせのようなこともありましたし、ひどいケースでは、猫を傷つけられたこともありました。投石で窓を割られたこともあります。それで仕方なく移ってきたのに、またこちらでもそんなことが始まるのか、と思うと、もう何もかも嫌になってしまって。警察に連絡すれば、また大事になってしまうと思うと相談にも行けないし」

　理子はため息をつく。

「そういえば、妙な男が私をじっと見ていることもあったし、さして用もなさそうな人間が家の前をぶらぶらしていることもあるし、怪しい男が電柱の陰に立っていたりすることもありました。そう思ってみると、なにもかも疑心暗鬼になってしまって。街行く人みんなが、本当は私や猫のことを排除したいんじゃないかと」

理子が沈み込む。

「猫の首輪は、もともとつけておられなかったんですか」

「ええ、事故防止のために、つけてはいません」

「当然、自由に行き来できる猫なんですよね。一日、どのくらいの距離を歩くものですか」

「距離的には、猫はだいたい五百メートル半径で歩き回ると言われています。遠くまで行く猫だと、一キロなんていう話もあります。

このカメラをつけてきた猫はカラメルという名前の若い茶色の猫です。毎日餌をもらいに来るところを捕まえて、今ちょうど保護していて、明日獣医さんのところで去勢手術をすることになっています。手術から回復次第、また外に放します」

それを聞いて来夏が頷いた。

「でも、知らなかったです。猫ちゃんって、せいぜい十メートルくらいしか動かないのかと思っていました。五百メートルとか一キロ半径ってけっこう広いですよね。ご近所さんはご近所さんだとは思いますが、誰がカメラをつけたか、というのは絞れるものなのでしょうか」

今宮も考え込む。

「で、このカメラのフィルムを現像すれば、何かがわかると思っていらっしゃったのでしょうか」

「ええ。でもあまり気が進みません。何かの警告のためにこんなことをしたのかもしれないし、猫たちがいじめられているような、ひどい写真が出てきたらどうしようと」

理子が涙声になる。相当追いつめられているようだった。

「それで、こちらに現像を、と」

「現像でなくても、何かこのパッケージの上からでも、何が写っているかわかる方法がないかと思いまして。そうすればこちらも対処ができますし」

「カメラが誰のものかわかっていない以上、現像することはお勧めできませんし、現像なしで中身を見る方法は物理的にありません」

今宮は理路整然と言うが、来夏には理子の神経の参りようがよくわかった。誰かに病的に執着されること、ストーカーにつけまわされることがどれほど怖いことか、同じ女性として想像できる。来夏も小学校低学年から父ひとり娘ひとりで育ってきたので、どうしても家でひとりきりになる時間は多かった。心配した父親に常に安全ブザーを持たされていた。

どうにかして手助けをしたいけれど、来夏にはどうすればいいのかはわからなかった。猫のこれ以上の引っ越しを避けるためにも、警察にもあまり頼りたくはないとなると。

「そうですか……それでは仕方ありませんね、ありがとうございました」

暗い顔でカメラをつまみ、立ち上がりかけた理子に、今宮は「ちょっと待ってください」と言い、手帳をチェックした。「今日ちょうど、これから買い取りに出ていくことになっていて」と言いながら、理子の名刺に視線を落とす。

「お住まいは町屋《まちや》ということで、まあ方向としては同じですね。よろしければ、実際、そのカラメル君がどういう風にカメラを運んでいたか、見せていただきたいのですが。今、ちょうど家にいるのですよね」と言う。

理子は驚いた様子だったが来夏も驚いていた。

「え、でもそれには及びません、わざわざ来ていただくのも悪いですし、そんな」

「まあ、ついでですから。来夏さんもそろそろ時間だし、もう上がってもいいですよ。それとも行きますか。どうしますか」

「わたしもご一緒していいですか」と来夏は即答していた。カメラを運んできた猫がどんな猫なのか、見てみたいのもあったし、今宮が何をしようとしているのか気にもなった。

「あ、そうだ」と今宮が言い、来夏に「じゃあ、ちょっとそこに立ってください」とガラス棚を指さした。

「すみません、そのカメラを拝借」と理子に言う。

「何ですか」という来夏に、今宮がカメラを向ける。来夏は意図がわからず、ただその場に立った。

「もっとこう、にっこり、とかしてほしいんですが」

言いながら今宮は、片手をテレビショッピングで商品を紹介する人のように曲げて顔の横でポーズを取った。「こんな感じで」

「嫌です。まさかそのカメラでわたしを撮るんですか」

「それは、カメラの主を刺激することになりはしませんか」

女二人が口々に言いつのるのを聞いて、今宮は「まあまあ」と言った。

「ひとつ策があるんです」と言いながら「ささ、来夏さんそこに立って」と言う。

「嫌です。今宮さんが代わりに立ったらいかがですか」

「やっぱりこういうときはむさ苦しい男より女性じゃないとね、写しますよー、さあにこやかににこやかに」

そう言われても、にこにこできるはずもなく、来夏はムッとしながらガラス棚の前に立った。かすかな音がしてシャッターが切れたようだ。もう一枚は今宮がレンズの前に手をかざし、空で押すと、フィルムを使いきった形となった。

「どうするんですか、人のカメラで勝手に撮ってしまって。しかもいやがらせの人のカメラかもしれないのに」

理子も来夏と同じく心配顔になる。今宮は何かをメモ帳に書き付けると、小さく畳んで透明なビニールに包み、テープで封をした。

「さあ行きますか」

来夏は釈然としない気持ちで、鞄を取りに行った。


夕方の谷中は風情があった。居酒屋の店先にあるたくさんのメダカ鉢が、ちょうちんの明かりにやわらかく照らされている。お菓子屋さんの、栗の入った美味しいパイの味を思い出しながら通り過ぎる。谷中銀座は今日も盛況だった。歩くのが遅い上に、人波の中を歩くのはあまり得意ではないので、はぐれたりしないように、背の高い今宮のくりんくりん頭を目印に進む。

お肉屋さんの店先で、メンチカツを頬張っている人の姿がすごく満ち足りて見える。いか焼きの美味しそうな匂いも漂ってきて、ついつい目を奪われてしまう。

長い階段の夕やけだんだんを上る。夕やけだんだんからは、その名の通り、夕焼けの谷中がとても美しく見えるそうなのだけれど、来夏が振り向くと、この日は夕焼けとはいかないまでも、暮れかけた空が美しいグラデーションを描いていた。ほんの少しだけ見とれていると、先を歩いていた今宮が、待ってくれていることに気付いた。慌てて進む。

理子は道中、来てくれることに何度も礼を言った。「私のライター仲間が今度、『谷中レトロ散歩』というムック本企画に携わるんですが、もしよろしければ、今宮写真機店もどうかなってお勧めしておきます」

「それはそれは」と今宮が笑みを浮かべる。「レトロって言うかまあ、うちのはただのボロ家ってとこなんですがね」

降りたことのない町屋駅で降りる。いくつかの角を曲がった途端、来夏は気づいた。行き先はここなんだと。

雨上がり、その一帯にはある独特の匂いが薄く立ちこめていた。その家は古びたコンクリートの二階建てだった。二階にも外階段が伸びているところを見ると、二階は別世帯らしい。雨戸が閉まっていた。

そっと理子の表情をうかがうが、何も気づいていない様子だった。動物を飼っていない人間が、動物を飼っている家に赴くと、微かな獣臭を感じることがある。しかし数日滞在するとその臭いにも慣れてしまう。来夏には猫の臭いは感じとれなかったが、そのかわり別の匂いはよくわかった。粉っぽい草のような、甘くもあり、スパイスのようでもあり。さっき理子からかすかに香ったのはこの匂いだったか、と思う。

足下に覆い付きの、砂の入ったプランターがあった。きっと猫のトイレなのだろう。中は清潔で、まだどの猫にも使われていないようだった。

「こちらです」言いながら引き戸を開ける。するともう足下に数匹の猫がいて、理子の帰宅を歓迎しているように頭をすり付けてきた。

「かわいいです」

来夏も手を出すと、よく慣れているのかすり寄ってくる。

理子が靴箱の上で、木の葉のような何かを皿に出し、ライターで火をつけた。手であおいで火を消すと、煙が立ち上る。

「この匂い……」と今宮が言いかけると、理子はおびえたような目をした。きっと臭いのことで何か言われたことがあるのだろう、そんな表情だった。

「あ、すみません、何か臭いますか、空気清浄機も三台稼働していて、猫のトイレとかも本当に気を付けているんですが」

「いえいえ、この匂いのことです。お香なんですか」

皿の上で細く煙を上げるものを見る。

「あ、これですか、ブログの読者さんに教えていただいた、ホワイトセージというハーブです。他にもご厚意で、お香を頂いたりもしています。猫たちのいる部屋は避けていますが、消臭にとても効果があるということで、ご近所さんにも了解を取って、こまめに焚《た》くようにしています。大家さんは、猫は何匹飼ってもかまわないけれど、猫の臭いだけには注意してほしいとのことだったので。ホワイトセージだけではなくて、ほかのお香もよく焚きます。もちろん、猫に害がないというものを選んで」

　今宮は何かを考えている様子だった。

「保護している猫は外には出しません。こちらがプレイルームとケージです。まあ広くて良い部屋は猫たちのための部屋で、人間は隅の部屋で小さくなって暮らしてます」

　猫の遊べるタワーのようなものがあちこちに立ち、隅にはケージが積まれていた。猫用の小さなハンモックが中に一つ一つ吊《つ》るされている。

「常時、飼い主を捜しています。ネットでも呼びかけているし、譲渡会のようなイベントも行います」言いながら時計を見て、「あ、餌の時間だ。すみません、今から餌をやりますね」と部屋の中で一匹ずつに餌をやる。

　庭に続く窓を開けると、スリッパを履いて庭先に下り、餌を外のトレイに出した。するとすぐに猫が数匹現れた。時計もないのに、ちゃんと餌の時間を知っているようだ。

「やってくるのは、地域の野良猫です。この外の餌も、一定の時間が経つとすぐ片づけるようにしています」

理子は黒猫の頭をなでながら口を開いた。黒猫の耳にはＶの字の切れ目が入っていた。

「この子はもう手術済みの子で、こういう風に耳に印を入れます」

今宮が上階を眺める。

「上の階の方が大家さんですか」

「ええ、そうです」

「大家さんもよく下にいらっしゃるんですか、猫を見に。猫好きですよね、きっと」

理子は首を傾げた。

「いいえ、ほとんどお会いすることはありません。最初に挨拶したきりですね」

「どんな方かもご存じない？」

「ええと、まだお若い男の方なんですが、夜とかもとても静かになさってます。もしかして、うちが一階なので階上の足音とか気になるかな、と思ったんですが、それもまったくなくて。たまにどなたかいらっしゃるようですが。お忙しいのか、ほとんど家は空けがちのようです」

今宮が頷いた。

「それで今日、カラメル君はどちらに」

「カラメルは、こちらです。手術前は絶食なので、別室にいます。でも、カラメルはもともと人慣れしているようなので、早いうちにもう一度保護して、将来的には、完全内飼いの猫にします」

部屋に案内されると、来夏が声を上げた。「かわいいです」確かに背中がカラメル色だ。

「カラメル、ただいま」

カラメルはほっそりとした茶色い猫で、足が白い。そういえばプリンにかけたカラメルソースに見えないこともない。理子を見ると、一声愛想良く鳴いた。

「そうです、この子です。首にこうやって首輪がしてあって、カメラが」

理子はカラメルの首の下をくすぐりながら、首輪とカメラの位置を示した。

「本当は事故が怖いのでつけたくはないんですが」

「カメラを拝借。ついでにこれもつけてください」と今宮が言い、さっきの手紙が畳まれて入っているビニール包みを取り出すと、カメラにその包みをくっつけた。

「中は何ですか」

「手紙です。カラメル君を放すときに、カメラとそれをつけておいてくれると良いと思います」

「大丈夫でしょうか」

疑わしげな声を出す来夏に、今宮は頷いた。

「これ以外に、カメラの主と接触する方法はなさそうですよ。とにかく今日はこれで。何かあったらこちらからも連絡します。じゃ、カラメル君は最後の男子たる一日を楽しんで」

　カラメルに声をかけてから、歩きだした今宮に来夏も慌てて続く。理子を振り返ってみると、理子も釈然としない顔をしていた。

　玄関で送る理子に別れを言い、元来た道を歩く。何かを思い出したのか、今宮が振り返ってまた理子の家のほうを眺めた。来夏が言う。

「なんて書いたんですか、手紙。〝痛い目をみたくなければ盗撮など今すぐやめることだ〟とか、〝お前のことは俺が把握している。警察に通報するぞ〟とか、強い口調で書いたんですか」

「まさか」今宮が笑う。「〝110フィルムの現像・販売のご用命は今宮写真機店へ〟って書いて住所と電話番号と地図を書いといただけです」

「それってただのお店の宣伝では……」

「いいんですよ、どんなお客さんでも来たら嬉しいじゃないですか。110フィルムなかなか売れないし」

　来夏は呆《あき》れながら首を横に振った。

＊

数日が何事もなく過ぎ、来夏の記憶から猫の件が薄れそうになっていたその日、男はやってきた。

今宮は工房でオーバーホールの作業にかかりきりで、店には来夏一人だった。

がらっ、と扉が鳴って、来夏は明るい声で「いらっ――」とまで言いかけたが後を飲み込んだ。

ジャージを着たその男は、日焼けした頭をそりあげたようにつるつるにして、金縁の眼鏡をかけていた。耳もつぶれている。

どこからどう見ても、ある特殊な業界の人のようだった。

「店長さんいますか」

来夏はびくりとした。人間は怒りが頂点に達し、ある一定のラインを超え、それでもまだ怒っているときに、逆に穏やかになれることがある。星が自分の重みで崩れ、強力な重力を発しながらブラックホールになるように。

見えもしないし聞こえもしないが、静かな怒りの波動めいたものがちりちりと肌を刺す。怒鳴り散らしてくれていたほうがまだ怖くなかったかもしれない。

男は例のカメラを持っている。男の節くれ立った太い指が持つと、そのカメラはより小さく、サイコロみたいに見えた。

もしかして今から大変なことが起こるかもしれない。この男が理子のストーカーであるとするなら、こんなところまで来て話す内容が和やかなものであるとは思えなかった。は、はい、ただいま、と言いながら来夏は工房に入った。髪をまとめ、ゴーグルのようなヘッドルーペをかけ、マスク姿で手先に集中しきっている今宮に、早口にささやきかける。

「来ました、ストーカーの人。警察とか呼んだほうがいいんですかこういう場合」

「あ、わかりました、俺出ます」

「警察は」

「いまのところいいです」

とマスクを外し、扉を開けるなり今宮が「いらっしゃいませ」と言う。

「手紙を書いたのは店長さんか」

男が言った。

「で、店長さんは、誰が猫の耳を切ったか知ってるか」

来夏は、知らない、って言ってください、知らないって言って、と今宮の背中に念じていたが、今宮があっさり「あー知ってますよ」と軽い調子で言ったので、来夏は目の前が暗くなった。

男の顔が一段と赤くなってから、すっと青くなったのがわかる。

「どういうことか説明してもらおうか――」

駆けつけた理子の丁寧な説明で誤解が解け、その男、根田孝史《ねだたかし》はいかつい顔をくしゃくしゃにゆがめながら笑った。「いや俺はてっきりこの店長が猫の耳を切って遊ぶような鬼畜野郎かと思って」と言い、「ぶん殴らなくてよかったよ」と、ひとり安堵《あんど》していた。

「うどんがさ、最近なかなか見ねえなと思って心配してたら、耳切られて帰ってきたんだもん、俺もう、かーっとなったところに手紙が付いてて、舐《な》めるなクソがと思ってすぐ来たんだよ」

「うどんって、あの猫ちゃん、うどんがお好きなんですか」

来夏が言うと、「あの足のしなやかさとコシはまさにうどん」と笑った。

「俺さ、仕事でこっちに越してきたんだけど、アパートの一階に住んでるんだよね。で、うどんが俺んちの庭によく遊びに来て、すげえかわいいの。餌とかあげたりしたら、にゃーんって鳴いてさ、お膝に乗ったりさ。俺、猫ってこんなにかわいいものだって知らなかった」

根田はメロメロになって言う。

「すみませんでした、野良猫を保護して去勢手術をする場合には、ご近所には声をかけて、飼い猫でないことを十分確認してから行うんですが、根田さんのお宅までは確認が取れなかったんです。私のせいです」

「いや、俺も飼えたらいいだろうなとは思ってたんだけど、そちらの猫だったとは気が付かなくて」

「いえ、もしよかったらカラメル、じゃなかった、うどんちゃんを飼いませんか。少し確認することがありますから、すぐにお渡しできるわけではありませんが。やはり、大切に家の中で飼われることに越したことはありません。野良猫の寿命はおよそ四年なんです。うどんちゃんが野良猫のままだと、あと二、三回しか冬を越せないことになってしまいます」

来夏は野良猫の寿命がそんなに短いことを知って驚いた。

「俺、ひとり暮らしなんですけど大丈夫ですかね、家の中とか」

「よろしければいろいろお教えします」

何はともあれ、話がまとまりそうで来夏はよかったと思う。

「ところで、このカメラはどうして、うどんちゃんにつけたんですか」

「いや、このカメラは何かの福袋かなんかでもらったんだよ。フィルムカメラなんて、もうあんまり触ってないから、とりあえずうどんの可愛い写真を撮ってたんだけど。新しい首輪もプレゼントしたところだし。

　ふとさ、このカメラ小さいから、首輪につけてあげたら、〝ぼく猫なんだけどね、ハリネズミのカメラを持ってるんだよ〟っていう感じで、うどんの可愛さが大爆発するんじゃないかと思って」

　ぼく猫なんだけどね、のくだりで根田が突然、可愛い声になるので、来夏は笑っちゃだめだとお腹に力を入れた。

「つけてみたらやっぱり可愛くて、そうだこれをスマホで撮ろう、と思ったら肝心な時に手元にねえの。ね、うどんちゃん、いい子で、ちょっとだけ待ってるんだよ、って走って部屋に取りに行って戻ってきたら、もういなくなっててさ。うどんちゃーん、うどんちゃーんって、あちこち探し回ったんだけど、見つからなかったんだよな」

　理子が頭を下げた。

「このフィルムの現像代は私に出させてください、こちらもとんだ失礼な勘違いをしてしまってすみませんでした」

　理子がそう言うと、根田は「気にしないでください、顔が怖いのは赤ん坊のころからです」と笑った。

「じゃあ、せっかくだから現像をお願いしようかな」と言いながら根田がフィルムを出す。来夏はそれを受け取りながら、「わたしもてっきり根田さんがストーカーの人だとばかり。あらぬ誤解をしてすみませんでした」と言った。

根田が笑いながら言う。「何だよストーカーって」

事のあらましを来夏が話すと、根田の顔つきが急に真剣になった。「つきまとう男か……」

「嫌な話なんですけど、猫たちにも何か危害を加えるかもしれないって、わたしたちも心配してるんです」

根田の目つきが鋭い。今宮も口を開いた。

「最近はいろいろなストレスを動物虐待で晴らす人がいます。やっと安住の地を手に入れたのに、ここも狙われたとなると。いつでも移動ができるように、引っ越し先の目処を早めに立てたほうがいいかもしれません。実はシェルターの帰り道でも、それらしい男を見ました」

来夏は直感的に思った。いま、今宮は嘘をついていると。

「いかにも猫をいじめそうな感じの危ない目つきの男で」

それ以上は言わずに今宮は言葉を濁した。

「そうか」根田が黙りこむ。

根田と理子の二人が猫の話をしながら連れだって帰っていくのを見送った後、来夏はちらりと今宮を見上げた。

「どうしてあんな嘘をついたんですか。あんなにおびえてる理子さんに。かわいそうです」

「まあねえ」曖昧に言いながら、今宮はフィルムを持って工房に戻っていった。

カメラカメラでずっと来ているからかは知らないが、歯車とバネのことはよくわかっても、女子の怖がっている気持ちとか、その辺のところには、まったくもって疎いのではないか、と来夏は思った。

数日後、根田が写真を受け取りに来て「うどんちゃんやっぱり可愛いな」と目尻を下げた。写真は、寝ているうどん、前脚を舐めているうどん、にゃあと鳴いているうどん、全部がうどんだった。

「あのさあ、俺カメラとかぜんぜん持ったことなくてさ、よくわからんのだけど、ちょっと一台持ってみようかなと思うんだよね」

「ここのは全部フィルムカメラになるんですが、その辺は大丈夫ですか。デジカメも便利ですよ」

今宮のあまりの売り込みの下手さに、聞いてる来夏のほうが焦ってくる。

「いや、フィルム現像したのを今久しぶりにもらってさ、なんかさ、こう、いいかなって思うんだよね。なんか、写真がふわっとしてるっていうか」

「110フィルムの特徴ですね。ちょっとレトロでざらっとした感触で写るので、なんでもない景色こそちょっと新鮮に写ります」言いながら今宮が根田を見た。「撮りたいものでもできましたか」

ちょっと根田が詰まった後、「猫とかをさ、撮ろうかなと」と照れながら言うので、聞いている来夏も頬がゆるむ。

「じゃあ最初にお持ちになるなら、そうですね、猫が音で驚くようなシャッター音の大きいものでなく――」

カメラの説明が続く。店から、その人にぴったりの一台を選ぼうとしている今宮は、いつもより生き生きとして見える。

来夏はその場を離れ、木の棚にはたきをかけにいった。棚に新しく増えた110フィルムとハリネズミカメラを見る。

ふと振り向くと、今宮が根田に何かを小声で話しているようだった。「うん」「うん」という、どこか真剣な響きの根田の相づちが聞こえる。

その後、理子を通じて『谷中レトロ散歩』ムック本の取材に関する連絡が正式にあった。

理子は電話口で、「あの後、根田さんがとても心配してくれて、ほとんど毎日顔を出してくれるんです。猫たちも喜んでますし、私も何だか安心です」と言っていた。女性の一人暮らしでストーカー騒ぎもあることだから確かに、あの大岩のような根田がそばについていてくれると何かと心強いだろうと思う。

そのことを今宮に言うと、「ふーん」と気のない返事をして「その他には何も言ってなかった？」と聞いてきた。「いいえ、他には何も」と言うと、興味なさげにまた作業に戻った。

取材の当日、友人というライターの他に理子もついてきて、いろいろ礼を言われた。今日の今宮は新調したらしき白シャツを着て、気合を感じたが、髪は相変わらずのぼさぼさだった。

「あの、今宮さん、髪、結ばないんですか」

「自然のままがいいです」「結びましょう」「大丈夫大丈夫」「結んでください」「いいのいいの」と、面倒くさがる今宮の髪を後ろから摑《つか》み、「失礼します」と背伸びしながら無理矢理ゴムで一本にまとめた。

そんなやりとりの後、掲載用の写真を撮るということで、来夏がその場を離れようとすると、今宮が目を合わせぬまま手招きする。

「わたしは大丈夫ですから」と言いながらも、理子に強く勧められて、とりあえず一緒に写真に収まった。

取材が終わるというころ、理子が声をかけてきた。

「結局、都心を離れて田舎に引っ越すことにしました。大きな倉庫があって、そこを改装したらもっと猫たちにも快適な住まいができそうなので。これで収容できる猫の頭数も増えると思います。また引っ越しするのは正直、気が進みませんが」

「そうだったんですか。よくそんな物件がありましたね」

「あの……根田さんが見つけてきてくれたんです。彼、工務店勤務の大工さんで、キャットタワーも猫たちの運動できるようなアスレチックも、壁いっぱいにあっという間に作ってくれて。郊外ですから、庭をネットで囲ったとしても広くてのびのびできますし。きっと猫たちにとっても、幸せだろうなあって」

はにかみながら言うその理子の表情に、来夏はぴんと来た。猫たちにとっても幸せ、という、その「も」には理子自身も含まれていることに気づく。表情も明るくて前よりずっと綺麗になったな、と思ったらそういうことだったのか、と思う。

「引っ越し先はもう決まったんですね、よかったです」

今宮が言うと、理子が照れた。

「いつですか」

「実は、明後日です。もうてんてこまいです」

「カラメル君は、その後元気にやってますか」

「今はカラメルうどんという名前になっちゃったんですが、のんびり暮らしてます」

「名前は非常に不味そうですが、なにはともあれよかったです。ええと。お幸せに」

と滑舌悪く言う今宮に、理子はにこやかに会釈した。

取材が終わった後で、今宮と自分の分のコーヒーを淹れながら来夏が笑った。

「お幸せに、って、今宮さんそういうことに鈍そうなのによくわかりましたね」

「鈍いって何ですか。俺をすぐそうやって変人のように」

笑ってコーヒーを飲み終わると、今宮は、さて、という顔をして、受話器を手に取った。

来夏がカップを洗いに立つ。水音の合間に、今宮の声が途切れ途切れに聞こえた。

「――署ですか――あの――お話――ええ――ではそちらの課に……」

署？　来夏はちょっと引っかかったが、何かの聞き間違いかと思ってそのまま洗い物をすませた。


その半月後、来夏は何気なくつけたテレビで、理子のいたあの家が映っていることに気づいてむせた。住宅地内の、大麻工場摘発のニュースだった。窓を閉め切って中でライトをつけ、床を埋め尽くすほどの水耕栽培で大麻を大量に栽培していたのだという。それだけではなく、大麻乾燥の加工も行っていたということだった。

店に着くなり、今宮をつかまえる。

「一体どういうことなんですか、今宮さん」

「まあまあ」

今宮が来夏の勢いに押されるように半歩後ずさる。

「いつからわかっていたんですか」

「CIAは昔、猫をスパイにする計画を立てていたのを知っていますか」

言いながら来夏に椅子を勧めた。

「何ですか、スパイって」

「尻尾にアンテナ、体に盗聴器で、さあ重要人物の会話を聞いてこいと。猫だと怪しまれないからということで、莫大《ばくだい》な研究費と年月をかけて育成されたそうです。で、どうなったかというと、その猫はスパイデビューの日に、ぴゃーっと走っていったところをタクシーにひかれてお亡くなりになったそうです。その場の微妙な空気を思うと、いたたまれないですね」

「あの、すみません。今、何の話を」

今宮がしばし黙る。

「だからまあ、根田氏がストーカーじゃないことは、カメラを見た時点ですぐわかるでしょ」

「どうしてですか」

「だって、フィルムカメラですよ」

「それは、今の時代フィルムカメラを使う人は、みんな良い人みたいな雰囲気の話ですか」

「そんなわけないですよ。スパイ活動にもっとも向かない動物に、盗撮するのにもっとも向かないカメラをつける人はあまりいません、という話です」

「向かないってどうしてですか」

「あの110フィルムはISO200ですし」

来夏が首をかしげる。

「ISOって、フィルムの感度のことですよね」

「そうそう。だから、ハリネズミカメラのレンズとの組み合わせから言っても、日当たりの良い所で撮影するのに適しています。だから、必然的に猫のスパイ活動は、ぽかぽかした明るいお日様の下でということになります」

「寝てますね」

「ええ」

どこか遠くで救急車のサイレンが鳴り、通り過ぎると微妙に音を下げて走り去っていった。

「でもそれでしたら、カメラは何の心配もない。ストーカーではないと、彼女にすぐ教えてあげたらよかったのでは。そうしたら、無駄に怖い思いもせずに済みました」

「猫のカメラと、その妙な男たちっていうのは別だと考えると、ちょっと問題は他のところにあるのかもしれないと思って」今宮が続ける。「カメラだって、たとえば巻き上げ機の調子が悪いときは、シャッターが切れないからそうなのか、巻き上げレバーの不調か、みたいにまず原因を特定するところから始めます。彼女はいやがらせに過敏になってはいますが、こちらに越してからは、具体的ないやがらせの内容はない。ただ怪しい人間が家の周りにいる、という事実だけです。もしかして彼らの目的が他にあるのかもしれない、とまず思いました」

今宮が窓の外を眺める。

「時々スイスやドイツの中古カメラ市に行ったりするんですが、宿に予算をかけるくらいだったら、その分カメラに予算をと思って、バックパッカーの泊まるような安宿の中でも、もっとも安い部類の宿に泊まったことがあります。当然あまり程度の良くない人間たちも泊まります。部屋で怪しい感じの草を回してみんなで吸ったりね。よく勧められました」

「まさか今宮さん……」

「いや断りましたよもちろん。そんなのより中古カメラ市のほうが俺にはもっと天国だし脳内にもいろいろ出るし」

　それもどうかとは思うが、来夏は内心ほっとする。

「で、そういう部屋にはもうもうと煙が立ちこめるんですが、その甘いような、何というか甘苦いような臭いをとりあえず隠すために、お香も焚いたりするんです。だからもうそいつらの服とかは臭いがめちゃくちゃで。彼女が店に来たとき、ふとその記憶が蘇《よみがえ》ってきて。臭いで記憶って急に蘇ったりしませんか」

　来夏も頷く。

「大麻って栽培するのはライトを使えば、家の中でもできるそうなんですが、早く収穫するために、ライトはほぼつけっぱなしみたいですよ。じゃあもし、近所にライトが年がら年中つけっぱなしの家があったらどうですか。昼も夜も」

「確かに怪しい……ですね、それは」

「だから雨戸とかビニールとかで窓を覆うのだそうです。でもそれだけじゃだめで、もっと重大なのは、大麻草自体が放つ独特な臭いだと言います。植物だから換気は不可欠なので、臭いは必ず外に漏れます。臭いがもとで摘発される大麻工場もあると言いますから」

　来夏にもようやく合点がいった。臭いを消すにはどうすればいいか。もっと別の臭いで誤魔化せばいい。

「で、何気なく探ってみたら、今の住居は理子さん自身で探したんではないと言う。奇特な大家だと思いました。猫を多数飼ったら、どんなに気を付けていたとしても、持ち家の資産価値って下がりますよね。それでもいいから来いと、ブログで親切にも自分から申し出て。よっぽどの猫好きにちがいないと思いました」

「今宮さん、もしかして、最初のあの会話のとき、もうそれを」

「修理の基本は観察です」と今宮が静かに言う。

「で、彼女に聞いてみたら大家が部屋に来て、猫と遊んだこともなければ、会ったことすらあまりないと言う。そしてタイミング良くブログでお香を勧めてきた人間もいる。これはもしかすると、と思って、帰りがけ家を見上げたら、やっぱり雨戸が閉め切ってある」

「でもなんで彼女にすぐそれを教えなかったんですか。上が大麻工場みたいですよ、どうしましょうかって」

今宮は少し考えてから口を開いた。

「俺自体は地域猫の活動に、百パーセント賛成しているわけではありません。でも、彼女は懸命に捨て猫のために頑張っている。いやがらせにも屈せずに猫たちを守り抜いてここまで来た。彼女は、大家も彼女の理念に賛同してくれたからこそ、家を貸してくれたのだと思っている。それが単なる臭いのための目くらましだと知ったら、彼女の心がもう折れるかもしれないと思って」

　来夏は、今宮の顔をまじまじと見つめた。あまりまっすぐ見つめるからか、今宮が居心地悪そうに目を逸らす。「何ですか」

「いや、今宮さんがそんな風に思うのって意外だなって思いました。カメラ以外のことに気を回したりして……」

「俺そんなに年がら年中カメラのことだけ考えてるわけじゃないですよ」

　今宮が苦笑いする。

「まあ、事件になればマスコミの目に触れるのは間違いないです。大麻工場と猫シェルターとはまったく関係がないとはいえ、犯罪の隠れ蓑《みの》に悪用されていたことには変わりはありません。もし謂《いわ》れのないバッシングにあったとしても、そこで住み続けなければならない。彼女も、猫たちも」

　来夏が頷く。

「かといって、じゃあ彼女に知らせず、そのままにしておけば良いかというとそうもいきません。上の大家はいつどんなタイミングで逮捕されるかもわからない。ある日急に引っ越さざるをえない羽目になるかもしれない、引っ越し先もなかなかすぐに探すのは難しいのに」

「そのこと、根田さんに伝えたんですか」

「上階が大麻工場だとは確定していなかったので、具体的なことは言っていません。でも、彼女に対するつきまといは、上階の人間こそが怪しいということを匂わせつつ、彼女と猫が今後、人の悪意にさらされるかもしれない、ということはそれとなく伝えました。彼はそんな状況には黙っておけなかったようですね」

来夏も大岩のような根田の姿を思い出す。あの日もきっと、通りに鋭く目を光らせながら、彼女を家まで送っていってあげたんだろうな、と思う。

「まあ、二人がどうこうなるというのは予想外でしたが」

今宮はぼそりと付け加えた。


その後、理子が見本誌を直接店に持ってきて、今宮と来夏に一冊ずつ献本してくれた。根田も一緒にやってきた。カメラを首に提げている。相変わらず根田が持つと、一眼レフのカメラであってもとても小さく見える。

ムック本の該当のページは扱いこそ小さいものの、今宮写真機店の紹介と写真がしっかり掲載されていた。

微妙な距離をあけて並ぶ二人の写真だった。慌てて今宮の髪を結んだせいで、髪の束《きょう》が妙に跳ねて横から飛び出し、オタマジャクシの尻尾のように見えているのもご愛《あい》敬だった。

「店長、なんかこの写真いいねえ、カメラ屋の若夫婦って感じがする」

と言って根田が豪快に笑う。

「この人、カメラにすごくはまって、毎日カメラカメラってうるさくて」と理子がのろける。

「そうだ、すごいの撮れたんだ、見てくれよ。三脚も買ったんだ」

言いながら出してきたのは、一枚の写真だった。

「それがさ、今の家、庭がすごく広いもんだから、ネットと金網で囲んで、猫たちがいつでも家の外に自由に出入りできるようにしてあるんだけどな。ある晩見たら寝床に一匹もいねえの。おかしいなあってさ、庭の隅っこまで出ていったらさあ――」

来夏はその写真が、初め一体何かわからなかった。なにかがぎっしりと詰まっている。真ん中に一本の街灯が煌々《こうこう》と光を放ち、そのすぐ側に木が聳《そび》えているのがわかる。

写真にひしめき合っているのは、おびただしい数の猫だった。おしくらまんじゅうでもしているような距離感で集まっている。フレームで切り取られているため、まるで地平線の彼方まで猫で埋まっているようにも思える。

「庭の外からも集まってきているんだ、それ。木を囲んで円陣を組むみたいに。何匹いるかもわからねえくらいの数だ。俺、カメラ取りに走って家に戻って、フラッシュ焚いたら、たぶんびっくりしてみんな逃げるだろうと思ったから三脚立ててセルフタイマー使ってバルブ撮影して」

「バルブ撮影っていうのは、シャッターを長時間開けて、フィルムに光を少しずつ染みこませるみたいにして写すんです」

今宮が来夏に補足した。来夏はその声も耳に入らないくらいに写真に見入っていた。

「ほらここ見てくれよ」と、根田が声を潜め木の上を指さす。「ここだけなんかブレててよく写ってないんだけど、この影、なんか、ものすごく大きい猫に見えないか」

そこには猫の影のようなものが写っていた。下にいる猫たちと比べたら段違いに大きい。向こうが透けて見え、実体があるのかどうかもわからない。きっと木の影や光の加減で、そのようにたまたま写ったものだとは思うけれど。

「猫の神様？　まさかね」

今宮も言う。来夏も皆も、またその写真にしばらく見入る。

「あ」と来夏が急に思い出したように声を上げた。「そういえば、わたしの写真ってありましたか、現像した１１０フィルムの中に」

「ああ、あったよ、あれか。何だったのあの写真。表情めちゃくちゃ硬く、手をこういう風に曲げてさ。なんの体操だよと」

その写真の顚末《てんまつ》を来夏が話すと、「なんだよそれ」と根田が笑った。

「あれ結局なんのために撮ったんですか」

「いや、フィルムを使いきった状態にしたら、当然持ち主も現像のことを考えるかなと思って。ただそれだけです」

「じゃあ何でわたしを写したんですか。別にただシャッターを押すだけでも」

「ハリネズミカメラってどんな風に写るのかなって。誰か人間が写ってないと写りがよくわからないし」

来夏は呆れた。

「それだけのために写したんですか、もう、今宮さんは……」

「あれ？　俺、あの写真、店長にやらなかったっけ」

言い出す根田に、今宮は「そうでしたっけ」と首を傾げてコーヒーカップに口をつける。

ハリネズミカメラ

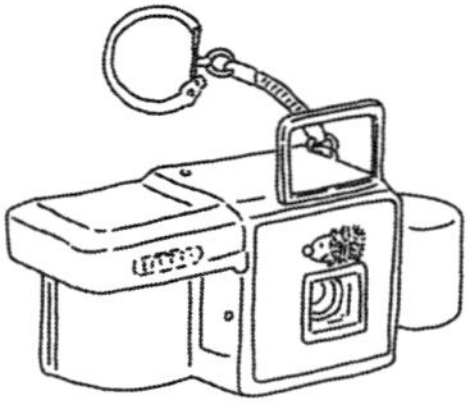

第四章　タイムカプセルをひらくと

日暮里駅西口を出ると、日傘を差したのにもう汗が浮いてきた。こんな日は、いかにもひやっとしていそうな、わらびもちが特別おいしそうに見える。

夕やけだんだんを下りると、ちりーん、という音が聞こえて、耳の奥から涼しくなる。風鈴屋さんの店先には、ガラス製、鉄製、たくさんの風鈴が吊るされており涼しげだ。レトロな美容室の前を通り過ぎながら、もう少し髪を切ったら涼しくなるかな、などと考える。

団子屋のおばあさんが店にいないことを確認して、ほっとしながら店に入ると、なぜか店の中にいて今宮と話していた。来夏が来たのを見て、老女らしからぬキレで、バーンと音を立てて今宮の背中を叩《たた》き、「しっかりな」と言い残して店をよちよち出る。

「痛《いて》え……」今宮が呟いて背中をさすった。お互い目を合わせてから逸らし、妙に気まずく黙る。黙っていると余計に気まずいので、何か言おうと思うが言葉が思い浮かばない。

「あの」

「あの」

同時に言って黙る。

「暑いですね今日も」

「そうですね」

「あ、そうだそうだ。さっき、昨日の方のご家族がいらっしゃって。来夏さんのいる時にまた来るって言っていました。命の恩人だと言って何度もお礼を。予後もいいそうです」

昨日の午後、急に店の前の道で男性が倒れたのだった。

「驚きました。救急隊員の人も、来夏さんの対応は完璧だったって。後でみんなに医療関係の人だったのかって聞かれましたよ。俺も驚きました。てっきり来夏さんはそういう時おろおろして、何もできないと思っていたから。俺よりずっと肝が据わっています」

そんなことありませんよ、と言いながら、来夏は昨日のことを思い出していた。

＊

目の前で人が倒れると、一瞬どうしていいのかわからなくなる。

来夏は箒《ほうき》を放り出して店を飛び出した。倒れているのはスーツ姿の中年男性だった。顔色が白い。来夏は手首の脈をとり、心臓の鼓動がするかどうか耳をつけた。

心音がない。

息をしている様子もない。頬を叩いて声をかけるも、だらんと弛緩した表情は変わらなかった。

ぎゅっと自分の心臓が摑まれるような気がした。立ち止まる人に１１９番を頼む。ちょうど今宮も気づいて店から出てきた。「今宮さん、団子坂交番にＡＥＤがあります。急いでください」

気道を確保し、二回息を吹き込んで、三十回胸を押す。額から汗が垂れる。それを繰り返しながら、来夏は頭の中で繰り返していた。今度は間違わない。今度はうまくやれる。今度こそ。今度は。

まだ男性の意識は戻らない。全身に汗が浮く。後ろにひっつめていた髪がほどけかかっているようだったが、もうどうでもよかった。遠巻きに人垣ができているのがわかる。

今宮が走って来てＡＥＤを開く。シャツを脱がせ、今宮が下の丸首シャツを鋏で切り裂いた。胸に電極を貼って、電気ショックをアナウンス通りに与える。今宮と交代しながら心臓マッサージを続ける。汗が目に染みるのをぐいと袖で拭った。

そのうち救急車が到着して引き継いだのだが、嵐が去った後になってもまだ、来夏は力が抜けて座り込んでいた。汗だくだった。強い緊張が急に解けたせいか、微かに頭痛がしていて、だんだんひどくなってきているようだった。店の中に入って、今宮に冷たい麦茶を出してもらっても、まだ頭の中がぎゅっと締めつけられるように痛んだ。一気に麦茶を飲み干す。

「ＡＥＤの場所をよく知ってましたね。交番にあるなんて知らなかった」

「あらかじめ調べていたんです。もしもそういうことがあったら使えるようにって」

今宮が麦茶をもう一杯持ってきた。

「力使い果たしましたね。もう今日はこれで帰って休んでいいですよ」

「いえ大丈夫ですから」

言いながら立ち上がったものの、目の前に銀色の粒がちかちか飛んだ。

「あの暑い中ずっと心臓マッサージし続けたんです、もう体力は残ってないと思いますよ」

「でも」

「じゃあ上でちょっと横になってたらいいです。俺の布団ですみませんが」

それはちょっと、と思ったが、このまま道中で倒れて迷惑をかけるよりはいくらかましだった。来夏は鞄を手に持った。

初めて二階に上がる。意外に綺麗に片付いていた。本棚に本がびっしりと詰まっている。クーラーを効かせて、今宮が押し入れから敷布団を下ろした。新しいシーツを敷く。

「せんべい布団ですみません。しばらく横になっててください。俺、下にいますから。

これ、タオルケット」

「すみません」

階段を下りる足音が、完全に一階まで下りたことを確認する。来夏は髪をほどいて、手早く汗取りシートで身体を拭いてから、布団に倒れ込むように横になった。たぶん、十分も横になれば回復するだろうと思った。

額を押さえると、すぐに意識が灰色の靄《もや》の中に溶けていく。

とりとめのない夢を見ていた。記憶の断片が次々と場面を変えていく。急ぎの電話をかけようとして何度も何度も押し間違えてしまうような、焦燥感のある夢だった。

どのくらい経ったのだろう。頬にそっと指が触れた感触がして、来夏はびくりと目を覚ました。

「ぜん」薄闇の中、今宮と目が合った。「……ぜん、大丈夫、ですから」

弾かれたように身を起こして、今宮から離れた。見れば窓の外が薄暗い。

「あ、いや、すみません。声かけたんですけど、あの。ひどくうなされてたから、大丈夫かなと思って。すみません、驚かせてしまって」

「いえ、すみませんこちらこそ。ずいぶん寝込んだみたいで。もう夕方なんですね。ちょっと横になるつもりがこんな時間まで。だらしないです。すみません」

慌てて髪をまとめて服の乱れを直す。今宮が電気をつけた。

「もう大丈夫ですか」

「すみませんでした」言いながら敷布団を畳む。

＊

帰るなりシャワーを浴びると、また倒れ込むように朝まで寝たので、昨日の疲れはもう残っていなかった。

「それにしても暑いですね」

今宮が窓の外を見て目を細める。

今日は外を出歩く人自体少ない。熱中症を警戒してのことだろうが、本当に死人が出そうなくらいの暑さだった。

「あ、でも今日、もう少ししたら雨が降ると思います」

来夏が言う。

「まさか。こんなに晴れてるのに」

今宮は来夏の視線が自分の髪にあることに気づいたのか、「それってもしかして俺の髪見て言ってます？」と言った。

「くるんくるんわさわさ、が、こう、ちょっと微妙な角度にうねります。だいたい当たります」

「そうですか。それは貴重な情報をどうも」今宮が苦笑いする。

「そんなに暑いならばっさり切ったらいかがですか」

「いいです」

「切ったほうが絶対いいです」

「俺、つむじが全部で四つある上に剛毛のくせ毛で毛の量も多いから、美容師さんも毎回切りながら困惑してるのがわかるんです。伸ばして結ぶほうがまだちょっとましかも。でも、ずっと結んでると頭痛くなるんです。かといって短いとすぐブロッコリーみたいになるし」

笑ったら悪いと思うのでこらえる。

あまりに客が来ないので、来夏がギャラリー部分に写真を眺めに行く。その一角は貸しギャラリーになっているので、ミニ写真展を開きたいアマチュアクラブなどが場所を借りにくる。大きなギャラリーよりは比較的値段が安いこともあって、意外にも月に数件予約が入る。そういうイベントがない時は、サンプルとして今宮の撮った写真や常連の作品をランダムに展示している。

写真は今宮の手によって小まめに入れ替えられていたが、来夏にもだいたいどの写真が今宮のものか、見てすぐにわかるようになってきた。

「この写真、今宮さんが撮ったんですよね。これとこれと」

「よくわかりましたね」

「何となくです」

来夏はふと気になっていた疑問を口にした。

「そういえば、今宮さんの写真って、人を撮ったものは、あんまりないような気がします」

今宮は少し黙った後「苦手なんですよ、人を撮るの」と言った。

「苦手って、どうしてですか」

「写真って、撮る人と撮られる人の関係がにじみ出るものでしょ」

来夏は首を傾げる。「そういうものですか」

「〝写真新世紀〟っていう、毎年キヤノンがやってる写真コンテストがあるんですけど、俺、恵比寿にある写真美術館に毎年見に行くんですよ。フィルム、デジタル問わず、みんないろんな撮り方で、いろんなものを撮ってて面白いんです。湖底に沈む桜とか、夫婦が離婚するまでの毎日のスナップとか、ビーチでテンションあがってる人ばっかりを写したのとか、テーブルのお母さんの置き手紙をテーマに写したのとか、自転車のサドルばっかりのアップとか」

「面白い……ですか？」

「すごく面白いですよ、同じ写真といえどみんな機材も表現も、興味の対象もぜんぜん違います。ついでに無料だし」

今宮は続ける。

「何年前の優秀賞だったかなあ、街角の普通の人々、まあおばちゃんとかおばあちゃんを撮ってる作品があって。どの写真もみんなすごく良い顔で撮れてて。市場のおばちゃんがニコニコしながら柿持って差し出してたりとかして。俺は思いましたね、きっとこの写真を撮った人は可愛い顔したイケメンですごく人当たりも良くて話もうまくて、きっと撮影した後も、柿とか野菜とか山ほどもらったんだろうなと……」

今宮の暗い顔の呟きに、悪いとは思ったが来夏はまた笑いをこらえる。

「俺には一生こういうスナップは撮れないだろうなと思いました。まあ被写体と喧嘩《けんか》してるみたいな、関係が閉じた写真もそれはそれでいいとは思いますが。やっぱり俺は人を撮るのはちょっと怖いというか」

そうこうしているうちにガラリと扉が鳴り、一人の客が入ってきたので慌てて姿勢を正す。

「いらっしゃいませ」

今宮の言ったいらっしゃいませ、の「せ」が少しだけ低いことがわかる。あまり今宮自身が歓迎しない客の時は、若干そうなることを来夏はもう見抜いていた。店主がそんなだから、この店も千客万来というわけではないのだろうと思う。

客は女子高生だった。尻がかろうじて隠れるくらいでひどくスカート丈が短く、ばさばさのつけまつげとカラーコンタクトで目も大きくメイクもばっちり、半袖シャツの裾をスカートから出し、髪は金髪に染め、女子高生ではなく、駅でたむろするそれ系の客引きのようにも見えた。足は派手なビーチサンダルに造花だ。何にせよ、クラシックカメラをいじったりする客層には見えない。

「あーすんません、これ売ったらいくらになる？」

と小振りのカメラを出してくる。

「すみません、買い取りは十八歳以上でないとできないことになっておりまして」

今宮が申し訳なさそうな声を作って言う。

「はいはい」女子高生が鞄の中を漁ると、その拍子に中から色鮮やかなプラスチックの四角い何かが床に落ちた。そのまま角に転がって「はいチーズ、わーパチパチパチ」「とってもいいお顔ねー」「せーのでみんな笑って」と立て続けに甲高い女声が響く。来夏はそれが音のする、カメラのおもちゃであることに気づく。

来夏が拾って手渡すと、女子高生はばつの悪そうな顔をして両手で受け取り「すみません。ありがとうございました」と言った。意外にちゃんとした礼ができることに来夏は内心驚いていた。

また鞄を探り、「あった」と女子高生は指の間に免許証を挟んで出してきた。爪の色も真っ赤だ。初瀬《はつせ》まどか、とある。

「これアタシの免許証、見て、正真正銘の十九歳。いろいろあって一年休んで学生生活続行中」

見れば確かに十九歳なのだった。

実際に買い取り査定をするのはもちろん今宮なのだが、来夏も受付を手伝うことがあり、今宮から買い取り業務の説明を受けたことがあった。リサイクルショップなどでは、十八歳以下でも親の同意書があれば買い取るところもあるにはある。しかしトラブルを避けるため、今宮写真機店では買い取りを十八歳以上に限っていると今宮は言っていた。品物にもよるが、高価なものもあるということから、親のカメラを勝手に持ち出し換金、後々トラブルになるようなことを避けるためだという。

この女子高生、まどかからトラブルの臭いをかぎつけたのは来夏だけではなかったようで、今宮の目が少しだけ鋭くなるのがわかる。

「なるほど失礼しました。ではそのリコーオートハーフを見せていただけますか」

淡々と今宮が言う。こうなると断る理由がないのだろう。来夏はてっきりまどかの出してきた手のひら大の小型カメラが、デジタルカメラなのだと思ったが、れっきとしたフィルムカメラであるらしい。角の取れた四角いボディに数字の6のようなつまみ、すべてが少しだけ丸っこいレトロ可愛いデザインだ。

「よくわかんないからそのまま持ってきたんだけど。フィルムのカメラとか触ったことないし」

「失礼ですが、ご家族のカメラですか」

今宮が探りを入れる。

「あ、持ち主もう死んでるから。まあアタシのじいさんなんだけど」

「遺品ということですね。わかりました」今宮が言いながら、何かに気づいたようでチェックをし始める。

つまみを回すが、確かに何かがひっかかっているのか、固く動かない様子だった。

「あ、フィルムが入ってる……」と独り言のように呟いた。

「残念ですが、フィルム巻き上げの部分に不具合がありますね」

今宮が、巻き戻しに使うレバーのような部品を指で示した。「本当はこれをぐるぐる回すと、フィルムが巻き取られていくんですが」

まどかが腕を組む。

「リコーオートハーフは人気がある機種ですから、それでも値段が付きますが、買い取り金額はそうですね、五百円といったところでしょうか」

「げっ、そんなに安いの？　じいさんが触るなってギャーギャー言ってたカメラコレクションのうちのひとつだから、もっと高いんだと思ってた。五万くらい」

五万はいくらなんでも、と来夏も思う。

「巻き上げ機能が壊れたままなので、フィルムが途中になってます」

今宮の言葉に、まどかは「えーそうなの」と心底面倒そうな顔をした。

「いいや、どうせあっても使わないし。売っちゃえ」

「フィルムのほうはどういたしましょうか」

「あ」まどかが声を上げる。「そうだ、思い出した」

まどかの視点が焦点をふっと外し、自分の中の記憶を探り出したのがわかった。

「このカメラぶっこわしたのアタシだ、貸してってねだって、結局床に落としちゃって、ここ見て。ほら、べこっと角が凹《へこ》んじゃってるでしょ」

見れば、角のところが本当に凹んでいた。

「そんでアタシ、すげえ叱られて。これは角が凹みやすいから大事にしてたんだ！って、尻何発も叩かれたんだ。そうだったそうだった」

「それ、いつごろのことか覚えてますか」

「ええと、あれっていつだったっけなあ、小学一年とか幼稚園とかだったから、ええと、十年？　いや、十三年とか十四年前くらいか」

「そんな前のフィルムって、現像大丈夫なんですか」

来夏が問う。今宮は顎に手をやって考え出した。

「フィルムは劣化しますからね。たぶん退色しているだろうし、画像自体も、多分何が写っているかがやっとわかるくらいの画像しか得られないかもしれません。ＤＰＥ店などに持っていって、現像に出してみるまでは正直何とも。でも一枚も写っていなくても現像費用は発生するので、もし不必要であればこちらで処分しますが」

「えー、迷うなあ」

ひとしきり考えた後。

「いいや、もうフィルムも処分しちゃって。大事じゃないものだからずっと忘れられてたんだろうし、大したものは写ってないと思う」

「わかりました。では」言いながら今宮がカメラを手に取った。

「一瞬で無に帰ります。何もかも、写っていたものも、その時撮った人の記憶も気持ちも」

「何だよ、そんなこと言い出したら気になるじゃん」

まどかは迷っている様子だった。

「これって、十三年くらい前のタイムカプセルみたいですね」

つい来夏も呟いていた。

「十三年前のタイムカプセル、ねえ……」

まどかはしばらく迷っていたが、はっと目を見開いた。

「そうだ、ここカメラ屋だからさ、ちゃちゃっと現像とかできたりしないの？　何が写ってるかとかだけでもさ、わからないかな」

「うちは、カラーフィルムの現像は小型の自動現像機を使ってます」

「それって高い？」

「ネガだけなら五百円」

その時、外でざっと音がしたので来夏が外を見た。ものすごい豪雨だった。雨粒がアスファルトに叩きつけられ、下からも降っているように見えるくらいの雨足だった。

「うわー傘持ってくんの忘れた、って、あっても役に立たんくらいの雨、やだなあ」

まどかが今宮を見る。

「そんでさ、それ、時間かかる？　現像」

「まあ二十分もあれば、あと乾燥時間ですね。ネガに何が写っているのかを見るだけだったら、まあ、約三十分あれば大丈夫かと」

「雨宿りがてら、タイムカプセル開きも悪くないか。五百円もらって五百円出すんだから全然意味ないし」

まどかは斜めに叩きつける雨の筋を見つめながら言った。

「では少しお時間頂きます」今宮が立ち上がるとカメラを持って工房のほうへ行った。

「雨、やまないなあ」と憂鬱顔のまどかに、来夏はお茶を出すことにした。

「よろしければアイスコーヒーでも」

「あ、大丈夫っす。白湯《さゆ》があれば」

女子高生が白湯というのも意外な気がしたが、そういえば白湯を飲む白湯ダイエットなるものがその昔流行っていたことを思い出した。まどかはそう太ってもいないのに、体型を気にしていることに、世代を問わず女子は何かと大変なんだと内心共感する。

ただの白湯をコップに入れて来夏が運んでいると、段差につまずいてしまった。盆が傾きグラスが倒れ、慌ててグラスを摑んだものの、中身の大半をこぼしてしまった。

立ち尽くす来夏に、まどかは鞄の中からウエットティッシュらしきものを何枚か摑み出し、すばやく床に敷いて湯を吸い取らせ、また一枚を引き抜いて来夏に渡した。

「大丈夫です？　脚」

「あ、あ、すみません、ありがとうございます」

「火傷とか大丈夫ですか」

もらった厚手のウエットティッシュで膝のあたりを拭いながら、来夏はまた礼を言った。「ありがとうございます、大丈夫です」

もう一度気を取り直して、改めて白湯を出し直す。

「さっきはすみませんでした。助かりました」

「いや別に」とまどかが笑う。来夏は自分が派手な身なりや口調に、いかに先入観を持っていたかということに気づいて、ちょっと反省する。

「何が写っているんでしょうね。いい思い出のネガができるといいですね」

来夏の言葉にまどかは鼻で笑った。

「ないない。じいさんとはいろいろあって、結局アタシ葬式にも出てないからさ。二年前から会ってもいないし。〝お前らは初瀬家の面汚し〟なんだってさ。そんなたいした家でもねえじゃねえかっていう」

来夏は不用意に話題にしてしまったことを後悔した。家族なんて、皆それぞれいろんな形の闇を隠し持ちながら、それでも外からは普通に見えるように日常を過ごしているのだろう。

「ま、あれだけ姿勢が悪いだの字が汚いだの、成績が悪いだのカメラには絶対触んなだの、ただひとりの孫なんだから高校だけは卒業しろだの、もうほんと口うるさいじいさんだったけど、死んじゃったら孫にあっさり大事なカメラを売られちゃうあたり、笑っちゃうっていうか。人間死んだらおしまいだって思う」

来夏は、微笑とも無表情ともとれぬ曖昧な表情を作ることに専念しながら、無言でいた。

「カメラもさあ、じいさん、他、どんなの持ってたかなあ。何かとケチなくせに、カメラだけには目がないっていうか。誰かがちょっと触るだけでこれは高いんだ絶対触るなってギャーギャー言って怒るし」まどかは棚をじっくりと眺めた。「この店でいったら、あれと、あれと、あれと……あれ」

指さしたカメラを見て来夏は頷く。「どれも良いカメラですよね」

そのどれもが、今宮の店でもランクの高い値付けのものだった。

「とりあえずその中から、一番かさばらないのを今日持ってきたんだ。他のは重くて無理」

「あ、うち出張買い取りもやってますので、よかったら」と来夏が言うと、「あ、じゃ今度頼むかも」と笑った。

そうこうしているうちに今宮が現像済みのフィルムを持って出てきた。

「あ、タイムカプセル開封ー」

「これはネガなので反転させます」と言いながら今宮がスキャナーでフィルムを取り込んだ。

「行きます」

一応お客さんのプライバシーもあるので、今宮と来夏は画面から離れ、見えない位置まで下がった。

「なんだこりゃ」

意外なものが映っていたのか、まどかが声を上げる。

「いいから、ねえ、ちょっと見てくれる。何か変。これ何だろう」

来夏と今宮も画面が見える位置に来た。画面に映し出されたものに来夏も困惑した。まどかも首を傾げている。

十二枚ごとに横に並べられた画像は、ほとんどが意味不明のものだった。しかも、フィルムの半分も写っていない。床を写す、壁を写す、よくわからない膝のようなものを写す、人物の首から下、テーブルの脚の一部、その中でも唯一、何が写っているか判明したものは、笑顔だった。しかしそれも、顔が額の途中で切れている。

やせた老人が、笑っている。何ともいえない満面の笑みだ。来夏は先ほどの今宮との会話を思い出していた。撮る者と撮られる者との関係性の話を。

その写真の老人の笑みは、撮った人間が可愛くて仕方がない、といったような目尻の下がり方をしていた。

「お祖父様、ですか」

まどかはその写真をじっと眺め続けていた。声をかけるのもためらわれるような、真剣な眼差しだった。

「――そうです。祖父です」

「この写真を撮ったのは、子供さんで間違いないですね。カメラをおもちゃにして撮ったんでしょう。このカメラは軽くて、ピント合わせの必要がないので、子供でもパシャパシャ撮れます。ゼンマイを巻けば、後はシャッターを切って行くだけでいいんです。二十四枚撮りのフィルムも、リコーオートハーフだったら倍の四十八枚撮れます。一コマを半分に区切っているんですね。だから、ハーフ。可愛らしさだけでなくて、機能面でもよく考えられたカメラです」

今宮がそのネガを透明なスリーブに入れる。ネガを手渡されたまどかは、そのネガを光に透かすようにして、まだじっと見つめていた。しばらく何事かを考えていたが、

「ねえ、やっぱりカメラ、買い取りやめてもらってもいいですか」と言ってきた。

「ええ、それはかまいませんが、でも巻き上げの故障は直っていません。もし直すならば修理もできますが」

「いやいいです。そのまんまもらいます。あ、あとこれ現像代の分です」と五百円玉を出す。

来夏がレジに金をしまうチン、という音が響く。

雨はいつのまにか上がっていた。

帰るまどかは、「ありがとうございました」とひとこと言って頭を下げた。

来夏は、まどかの背中が見えなくなるのを待って、口を開いた。

「十三年くらい前のタイムカプセルですか。彼女も、自分がお祖父さんに、昔は可愛がられていたってことを思い出せたのかもしれませんね。フィルムに画像が残っていて本当によかったです」

今宮からは言葉が返ってこなかった。今宮は何事かを考えている様子だった。

「——違います、来夏さん。あの写真を撮ったのは彼女じゃない」

言いながら今宮が髪をほどいた。


「それってどういうことですか。あのカメラを壊したのは自分だって、彼女自身も言ってたじゃないですか」

「カメラには修理した形跡がありました。だから昔、彼女がカメラを壊したことがあったのは事実だったと思います」

「じゃあ、なぜ」

「フィルムが」言いながら、今宮がフィルムの外側部分であるパトローネを示した。

「フィルムが新しいんです。十三年前のものじゃない。パッケージのロゴも新しくリニューアルされたものです。それに十三年前のものがカメラに入ったままだったら、こんなには鮮明に写らない。色の劣化もなかったし」

「だったら彼女は、どうして急にカメラを売るのをやめたんでしょうか。何の関係もない写真だったら、ネガだってカメラだって、あんなに大切そうに持って帰らないのでは。彼女、お祖父さんとも仲があまりよろしくなかったと言っていましたし。なぜ突然」

「お祖父さんと仲がよろしくないって何ですか」

今宮が聞いてくる。

「今宮さんが暗室にいるときに、彼女とちょっと話してて。ええと、二年前から会ってなくて、お葬式にも行ってないとか。〝お前らは初瀬家の面汚し〟みたいなことも言われたって言ってましたし」

言いながら来夏は思う。お前ら、の〝ら〟は誰のことを指すのだろうと。

今宮が顎に手を当てて考え込む。

「彼女って、十九歳でしたよね」

「でも、お孫さんが、お葬式にも出ないなんて、何があったんでしょう。生前仲がどんなに悪かろうと、お葬式には出ると思うんですが。最後のお別れになるんですし」

今宮も考え込む。

「まあ、お客さんの詮索をするのはよしましょう」と言い、今宮はパソコンを操作して画像を消去した。「気が変わったんですよ、彼女も。急に。ただそれだけのことです」

今宮はそう言ったが、来夏は考え込んでいた。どうして彼女は急にカメラを持ち帰る気になったんだろう。あんなにぞんざいに扱っていたカメラをなぜ。

やはりあのフィルムに鍵があるには違いなくて、子供が撮ったということも間違いなくて、しかし十三年前の彼女が撮ったものではない。無関係の子供が写したものだろうか。いや、それなら間違いなくカメラを売ったはずで、ネガもあれほど丁寧に持って帰ろうとはしないはず。いったいあの写真には何が写っていたのだろう、彼女はそこに何を見たのか——。

もしかしてこのカメラは盗品だった？　そしてお祖父さんの笑顔を見て、悪いことをしたと反省し、盗品を元に戻す決心をしたのだろうか。

いや、もしかして何か重大なものがネガに写っていて、それを証拠とするために持ち帰った、とか。

そこにはいないはずの人が、一部だけ写っていてはっとしたとか。何かのメッセージが残っていたとか。

「ちょっと来夏さん、人の話聞いてますか」

「あ、すみません。ちょっと考え事を」

今宮がため息をついた。

「まださっきのお客さんのことを考えてるんですか」

「だって、気になりませんか。何が起こったのか知りたいです」

「いくらこっちで考えたところで、何が正解かはわからないですよ。お客さんに、ねえそうですか合ってますか、とは聞けないわけだし」

「でも気になって。すっきりしないんです」

今宮が首を横に振った。

「じゃあ――これは詮索ではなくて、詮索では断じてなくて、来夏さんの疑問がすっきりして、納得できる結末を俺が勝手に作ります。それでいいですか。そうしたら少しは仕事に身が入りますか」

来夏が笑う。「はい」

今宮は腕を組んで何事かを考え出した。

「ところであの写真ですが、前提条件として、子供が撮ったものっていうのは確かなんでしょうか」

来夏は思っていた疑問を口にした。

「極端なローアングルの写真が多かったですから」

「ローアングルって、下から上に向かって撮る感じのことですよね」

「自分でやってみるのが一番早いです」

言いながら今宮は棚に向かった。

「すぐ見られるように今日はポラロイドにしましょう」

言いながら茶色の板のようなものを出してきた。上面を引き上げると、中から折り畳まれていたレンズが現れ、カメラの形になった。レンズに何かフィルターのようなものをつける。フィルムパッケージを切り抜いて中に差し込んでから、それに重ねるようにフィルムカートリッジを差し込んだ。

「このポラロイドはSX—70と言います。さっきのお祖父さんを再現して俺が椅子に座るので、来夏さんが撮ってください。最初はその椅子の上に立って、上から撮ってみてください。シャッターはここです」

来夏が椅子の上に立ち、今宮を上から写すと、ジーという微かな音と共に写真が出てきた。出てきたが、ただの青い四角だった。「まだ出てきません、徐々に出てきます。そうやって上から写すのがハイアングル」

同じように水平からも写し、最後に床に膝をついて写した。「もっと低く」と言われて身体を縮める。「たぶんもっと低くです」無理な体勢になる。「で、それがローアングル」

机に置いた写真から、画像が徐々に浮かび上がってくるのは新鮮だった。真四角なのと、写りも全体に緑がかっていて、それがまた雰囲気を醸し出していた。

「このように、カメラの角度によって同じおっさんでも雰囲気は全然違うものになります」

苦笑しながら写真を眺める。確かに上から撮ると若めに見えるような気がした。もし今宮をちゃんと撮るならちょっと下から写すのがいいかな、と思い、それがいつも見ている自分の目線だということに気付く。

「上から撮るハイアングルは、空間が圧縮されるような感じになって、まあグラビアアイドルみたいに、幼かったり可愛く見せたい時なんかにやります。無意識のうちに、女の人は自撮りでやってますよね。ローアングルだったら、空間が広がるので脚が長く見えたりします」

来夏はさっきの写真を思い出す。確かに下から見上げるように撮っている。それも、ひどく低い位置から。小柄な自分が撮るときでも、膝をついて、さらに体を屈めていた。大人がそんな体勢で何枚も撮り続けるのは確かに無理があるだろう。

「リコーオートハーフはカメラ自体も小さくて、シャッターもゼンマイのバネの力が残っている限り、数枚は連続で押せますから、子供がおもちゃにしてあちこち撮る真似をするにはまあ、もってこいのカメラだと思います」

来夏はまた考え込む。

「今宮さん、何が写っていたか覚えてますか。どこかの室内でしたよね」

「場所は、彼女にとっては違和感のない場所であったと思います。もし違和感があれば、ここはどこか知らない、見覚えがないと言ったのでは」

「じゃあ、お祖父さんの自宅でしょうか」

「そうなりますかね」

うーん、と考え込む。お祖父さんの自宅で子供の誰かが写真を撮った。その時カメラが故障し、フィルムはカメラに残されたままになった。

「フィルムが途中で残ったままだということは」今宮が続ける。「カメラを修理に出し、フィルムを現像する人間がいない、またはいなくなってしまったことを表しているのだと思います」

お祖父さんの死だ。来夏は思う。

「形見分けか何かで、お祖父さんの娘である彼女の母親にそのままカメラが渡った」

「あ、家に何台かお祖父さんのカメラがまだあるって言っていました。ええと、あると言ってたカメラは」

言いながら来夏は、まどかが指したものを思い出しながら指さす。「これとこれと、これでした。確か」

「ニコンFに、ハッセルブラッド1000F、二眼レフのコンタフレックスか。なかなか財力に余裕がある感じのコレクションですね」

今宮が頷く。

「でも持ってきたのは、あの可愛いリコーオートハーフなんですよね。彼女も、軽いから持ってきたって言ってました。あ、彼女に出張買い取り勧めておきましたから、またいつか連絡があるかもしれません」

来夏は店の棚を眺めた。さまざまないきさつを経て、持ち主の手を離れ、綺麗に整備され、新しい持ち主を今日もじっと待っているカメラたち。

「まあ、とにかく二年前に何かがあった。それは重大な何かで、それきり彼女はお祖父さんには会っていない」

今宮が言う。

「何でしょう、そんなに長期間怒りって続くものでしょうか。何か喧嘩をしたとしてもお葬式にまで出ないっていうのは、あまりといえばあまりのことのような」

「二年前、決定的な何かが起こった。そして、彼女は留年もしくは休学をして今十九歳である、と。そこから考えられるのは――」

今宮はしばらく考え込み、おもむろに口を開いた。

「あの写真を撮ったのは、子供です」

来夏が首を傾げた。

「あの。子供が撮ったっていうのはさっき聞きました……」

「子供。だから、彼女の子供です。写真を撮ったのは、孫じゃなくて曾孫《ひまご》だったんですよ」

「ええ、まさか」

「生徒のうちに出産という道を選んだ彼女は、一年休学して、それから学校に復帰、もしくは定時制高校の昼間部などに転校したのではないかと」

来夏が腕を組んで考え込む。

「お祖父さんと仲違《なかたが》いする原因となった事件が学生出産だとすると。まあそういうこともないわけではないと思いますが、でも」

「お祖父さんは、未婚の孫、しかも高校在学中の妊娠出産に激怒し、そこで決定的に仲が決裂するような事件が起こる。二度と顔を見せるなと」

来夏は写真のお祖父さんの、フレームに切り取られた顔をもう一度思い出す。目尻は下がり、両手を差しだし、今にもとろけんばかりの顔だった。

「でも自宅でしたよね。彼女が行かなくて、彼女の子供だけが、お祖父さんの自宅に行っているっていうのも不自然では」

「彼女が高校に通っている間、面倒を見る人間は、多分彼女の母親だったのではないかと思います。それで母親は、お祖父さんの家にこっそり曾孫を連れていった。顔を見せに。最後のお別れをさせるために」

来夏ははっと思い出す。お祖父さんの頬のくぼみを、目の下の隈を。

癌の末期であれば、自宅療養として自宅に戻ることもおかしくはない。死期がすぐそばに迫っていて、それで。

来夏の表情を見て、今宮も頷いた。

「でも。風邪なんかで、顔色がたまたま悪かったってことはないですか」

「他のカメラの重量はどれも重めで、レンズにもよりますが、だいたい一キロから二キロを超えます。リコーオートハーフだけはずっと軽い。その半分以下くらいですから。お祖父さんは、カメラをもう持って構えることもできなかったのではないかと思います。でもその日はカメラを持ちたかった、どうしても自分で撮りたい何かがあったから」

来夏は考え込む。人は、自分の死期がさし迫っている時も、写真を撮りたく思うものだろうか。もう眺めて惜しむ期間が、そんなに残されていないとしても。

いや、だからこそカメラを持って、大切な瞬間を切り取りたかったのかもしれない。お祖父さんは曾孫にカメラをねだられ、ずっと誰にも触らせなかったはずの、大切なカメラを渡した。曾孫がシャッターを切るその姿を見ながら、お祖父さんは、何を思っていたのだろう。その写真を自分で見ることはもう叶わない、と気づいていたのだろうか。

それでもお祖父さんは、レンズに向かって笑った。

「じゃあ、でもですよ。死期が迫っていたとして。でも彼女はお祖父さんに会いには行かなかったんですね。一度も」

〝お前らは初瀬家の面汚し〟だと彼女が吐き捨てるように言っていた言葉を思い出して、来夏はやるせない気持ちになった。お前らの〝ら〟が、彼女と彼女の新しい命のことを指していたのだとすれば、面汚しという言葉は、あまりに厳しい。

「憶測ですが。やはり一度口から出てしまった言葉は戻らない。ずっと心にわだかまりが残ることもあるでしょう。孫娘と祖父は、お互いにお互いを許せないと思っていたのかもしれない。歩み寄る機会を逃してしまった。でも、もしも彼女も、自分の子供がお祖父さんに会ったことがあると知っていたなら、ネガを見て驚くこともなかったと思います。きっとお祖父さんのあの笑顔は、彼女にとって衝撃だったんでしょう。カメラを思わず引き取るくらいには」

来夏は、鞄からこぼれ落ちた、おもちゃのカメラのことを思い出していた。

「じゃああのカメラのおもちゃも、彼女のではなくて、彼女の子供のものだったということですよね」来夏が思い出したように続ける。「あ、そういえば、コーヒーでも紅茶でもなく、白湯って言ってました。てっきり白湯ダイエットだと。そうか、まだ授乳を……」

「カフェインを採りたくなかったのではないですか。格好は派手でも、母親として真面目に頑張っていたんじゃないかなと個人的には思います。一見派手な爪の色をしていましたが、爪は短く切っていましたし」

「今宮さん、意外に見てますね」

「修理の基本は観察ですから」

今宮は静かに言った。

彼女のあの派手な格好は、世の中への武装でもあったのかもしれないと、来夏は今になって思う。若いときの出産、特に高校在学中の出産は、色眼鏡で見られることも多々あるだろう。だからネガを見たときも、あえて、〝これは私の子供が撮ったものだと思う〟とは言いたくなかったのだろうと。その気持ちは来夏にもわかるような気がした。

「あ、そうだ、今宮さん、もしかして、もうネガを現像したときにはこのこと、ある程度わかっていたんですか」

「それはなぜ」

「だって言わなかったですよね。彼女に画像を見せるとき、このフィルムは新しいですよって、十三年前のものとは違います、って」

「人にはあえて言いたくないこともあると思います。そこに踏み込みたくはなかった、ただそれだけです」今宮は、窓の外を眺めながら付け加えた。「ただ俺が臆病なだけです」

雨上がりの空は気持ちよく晴れていた。来夏も、窓枠に連なる滴《しずく》に光が集まる様子をぼんやり眺める。

彼女の子供にとっては、人生最初の撮影で、お祖父さんにとっては、人生最後の写真だったのかもしれない。そしてその写真は、母親である彼女の中の何かを変えたのだ――

「以上憶測タイム終わり。納得のほどはいかがですか」

「ええまあ。でも全然違ってたりするかも」

「ただの憶測だから、いいんです別に」

無意識のうちに来夏はそっと胸元に手を置いていた。昔のことがふっと脳裏をよぎる。

癌があちこちに転移しかけていたとはいえ、あの頃はまだ可能性を信じていた。もしかして、万に一つでも治るのではないかと。

――来夏、こっちへおいで。その窓の所へ。そうそう。なんだかとても綺麗に見える。笑って。そんな顔してたら撮れないよ――

人はなぜ、写真を撮るのだろう。来夏はぼんやりと考え込む。

その時、どこかで聞いたことのある声が外から響いた。甲高い女声だ。

「はいチーズ」「わーパチパチパチ」「とってもいいお顔ね」「せーのでみんな笑って」

店の前を通り過ぎていく自転車の後ろ座席には、まだ幼い子供が乗っていた。子供はカメラのおもちゃを顔につけ、ご機嫌であちこちにレンズを向けている様子だ。雨上がりの空を、雲を、車を。そして店の中の来夏たちを。

自転車を漕《こ》ぐ母親は、つばの深い帽子をかぶり、日焼け防止なのか薄手の長袖のパーカを羽織っていた。

今宮と来夏は目を見合わせる。

「まあすべては憶測ですからね。さあ掃除でも始めますか、ちょっとは涼しくなったかもしれない」今宮が、椅子から腰を上げた。

リコー オートハーフ

第五章　紫のカエル強盗団

今年初めての長袖シャツを身に纏《まと》う。お気に入りの長靴を履いて来夏は店まで向かった。日暮里駅西口を出るともう雨で、銀糸のように細い雨が、来夏の傘にも、ソフトクリーム屋さんのビニールの庇《ひさし》にも降り注ぐ。微かな雨音に耳を澄ませながら歩く。本行寺《ほんぎょうじ》の緑も雨に濡れ鮮やかだ。今日は夕やけだんだんから見下ろす谷中銀座にも、色とりどりの傘が溢れていた。写真機店にとっては静かな一日になりそうだった。

今宮写真機店の三軒隣には、古びた薬局がある。店先のケロンちゃんも今日は雨に打たれている。

このケロンちゃん、モチーフはどうやら蛙《かえる》なのだがよく見る緑ではなく紫で、ひどく古びており目玉の塗料も消えている。夜目に見たらちょっとぎょっとするような外見をしている。台座も含めれば子供の背丈くらいある大きな蛙だ。それでも愛着があるからか、店先に出すのが長い間の習慣となっているからか、そう大切にもされていないようなのだが、薬局が開いているときは必ず外に出ている。

事の始まりは二週間ほど前。その薬局にあるケロンちゃんが、たびたび今宮写真機店の前に移動するようになったことに始まる。それに最初に気付いたのが、外から帰ってきた今宮だった。

「ケロンちゃん、うちの前に来てましたよ」

「ケロンちゃんってあの薬局の不思議生物ですか」

今宮が大きな鞄を下ろした。

「そうそう。蛙のケロンちゃん。そういや俺が子供のころからありましたね。昔は色もはげてなくて、もっと可愛かったんですが」

「今宮さんが子供のころっていうと、じゃあもう二十年以上経ってるってことですか、年代物ですね。プレミア物かも」

今宮は笑う。

「いや、蛙の何とかっていうキャラクターの偽物だから微妙ですね」

来夏も気になって、扉から覗いてみる。

「あ、薬局の店先にもう戻してきました。あった位置としてはその辺です」と、両開きのガラス引き戸の横あたり、この写真機店でいうと一番右端の窓を指す。店の右半分はギャラリースペースになっているので、その窓からは店舗よりも、むしろギャラリーのほうがよく見える。来夏もたびたび、外からその窓越しに、ギャラリーの写真を見入っている人を見かけたりした。窓としては位置が少し高い上に四角いので、誰かが外に立つと、ちょうど肖像画の額みたいになって、「写真を見る人」みたいなタイトルを付けたくなる。

そのときにはあまり気にならなかったのだが、次の日もまた今宮に「今日もケロンちゃんうちに来てますよ」と言われると、だんだん気になってくる。「ほら」と来夏に右端の窓の外を示す。少し背伸びして窓から下を見ると、紫の蛙がいた。

「遊びに来てたりして」

今宮はそう言うと、また薬局に戻すために外に出た。ケロンちゃんは樹脂製で、見た目よりもずっと軽いようだった。今宮が軽々運んでいく。そんなやりとりをここ二週間ほど繰り返していた。周りの店に聞いても、知らないと言われた。

今日も雨の中、店に着くと雨傘を畳んで、長靴とパンプスを履き替えた。店の中では、今宮がギャラリー部分にかけられた一番上の列の写真を外しているところだった。

「一番上は来夏さん届かないですよね。俺、外しときますから。二段目から下はお願いしていいですか」

「どなたかギャラリーを使うんですか」

「ええ。地域の写真クラブの方たちなんですが。何でも、カルチャーセンターの写真コースの方たちで新しく作ったクラブらしいですよ。リーダーの人も、カメラを持ちだしてまだ一年以内だから、毎日撮るのがもう楽しくて楽しくて仕方がないみたいです。初の作品展は光栄なことにうちでって。あ、知ってますよね、旭《あさひ》さん。ほら、あの元研究職の」

「ああ、覚えています。カメラ選ぶのに丸四日かかった旭さんですよね」

来夏はこのお客さんいつ帰るんだろう、もうここでいっそアルバイトしたらいいんじゃないだろうか、と思うくらいずっと店にいた旭さんのことを思い出していた。昼来たらもう店にいて、今宮とカメラのことについてあれこれ話し、バイトを終わって帰るときもメモを細かく取りながらまだおり、凝り性だとはいえ、よくもまあカメラひとつについてそんなに話すことがあるものだと思った。

「旭さん、ものすごくカメラのこと調べてきてくださって、真剣だったから、四日間いろいろお勧めできて、こちらも幸せでしたよ。結局ニコンFに決まりましたが、なんならもっと迷ってくださってもよかったのに」と思い出して、照れ笑いのような笑みを浮かべている。

「旭さん、ブログを作って、写真をスキャナーで取り込んで毎日アップしているらしいです。この前アドレスを教えてもらいました。風景や散歩写真や、お孫さんの写真がいっぱい」

「お上手ですか」

「ええ。熱意のある人はすぐ上達します。あとでアドレスを教えますよ」

来夏は写真を外して片づけた。作品展は二週間だという。写真は窓からも少し見えるし、作品展のお知らせを店の前に出すので、通りすがりの人も写真が変わると気になって、気軽に店を覗きに来たりする。友達や家族を引き連れてやってきたりもするので、接客が少し忙しくなるかもしれない。

ふと見ると、カメラの棚の一部分が空いているので、レジの釣銭を入れていた今宮に声をかける。

「あれ、ここにあったカメラはどうしました」

「あ、イコンタ・ユニバーサルシックス、昨日の夜、売れちゃったんですよ。来夏さんの売ってくれたものですよね」

「そうですか。どんな感じのお客さんでした」聞いてしまってから、今宮が妙に思うかもしれないと思って、言葉を継いだ。「あの。どんな人に次、使ってもらえるのかなあって」

今宮が頷く。

「男の方で、物静かな感じの方でしたよ。古いカメラについてもよくご存じのようでした」

頷いて来夏はメモを開き、イコンタ・ユニバーサルシックスの欄に、昨日の日付を書き込んだ。

次の日、ふと気になって窓の外を見たら、またケロンちゃんと目が合った。

外に出て、ケロンちゃんもカメラが気になるの、と思いながら手をかけてみた。ぐらぐら揺らしてみる。中におもりは入っているが、これなら来夏でも運べそうだった。

「風のせいかな」とひとりごちて首を傾げてみる。それならケロンちゃんだけがいつも動いている理由にはならない。〝怪奇！　動くケロンちゃんの謎〟というテーマで某ローカル番組にメールを送ってみようかな、などと思いながら、来夏は両腕で抱えてえっちらおっちらケロンちゃんを薬局の店先まで戻しに行った。

店に戻ると、ちょうど古本屋カリプソの玲《れい》が来ていた。女性ながら中性的な顔立ちに、ベリーショートがよく似合う。夫婦で古本屋をやっていて、根っからの本好きらしい。さっぱりとした性格とハスキーな声が少年のようだと思う。

「あの、店長さんいますか」

玲は今宮のことを店長さんと呼ぶ。来夏は工房にいる今宮を呼びに行った。「今宮さん、カリプソの玲さんがいらしてます」

古本屋自体もへび道を外れたところにあってわりに近く、カメラと同じく古いものを売っているという連帯感でもあるのか、玲と今宮は仲がいい。今宮が打ち解けて話せる唯一の女の人であるようだった。玲のほうが少し若いようだが、年が近い上に本の好みも合うらしく、古本屋が暇なら、こうしてたまに遊びに来る。

「あ、店長さん。店長さんが好きそうなの仕入れてきました、あとでまた」

今宮はちょっと古い時代の探偵小説が好きなようで、その好みを知っている玲はぬかりなく勧めに来る。世間話をしている二人にコーヒーを淹れる。話題は、谷中銀座の近くにある、洋食屋の甥っ子が、結婚詐欺にあった話のようだった。

「すっかり意気消沈しちゃってもう可哀想でね。まあ、未遂で終わってよかったですよ。店長さんも気を付けないとね。どうやら独身男性で不動産持ってる彼女なしに近づいて狙い撃ちしてたらしいから」

「うちは不動産って言っても、この通りボロ家だから大丈夫ですよ」

「いやあわかりませんよ」

その後、犯罪つながりなのか、古本屋での万引きについての話になった。カリプソは、世間の売れ筋とはまったくかけ離れたような、浮き世離れした品ぞろえのセレクト古本屋なのだが、そんな古本屋にも万引き犯なんて来るんだなあと思う。世知辛い世の中だ。

「最近は子供でも油断できませんからね」と玲が暗い顔をするので、今宮も意外に思ったようだった。

「子供？　カリプソには、そんな、売れ筋のコミックとか置いてないですよね」

来夏もコーヒーを出しながら話を聞いている。

「まあ、手塚治虫とか水木しげるとかの漫画はあるから、それを狙ったのかどうかは知らないですけど。金になると思ったんでしょう。最近の子供はチームを組んで動きますから」

「へえ、そうなるともう犯罪集団みたいだなあ」今宮が頭を横に振った。

「悪い子供はどこにでもいるからねえ……」

玲は世間話を少しして、「明日にでも、例の本、納品しに来ますね。お楽しみに」と店に帰っていった。

「今宮さん、このお店はカメラの万引きって大丈夫なんですか」

「まあうちも気をつけるに越したことはないんですが、めったにないと思いますよ。最新のデジカメとか扱っていたら、また違うと思いますが」

「どうしてですか」

「宝石とかに比べて、物が重くて隠しにくいのと、製造番号や特徴も控えてあるので、売りさばけばすぐに足がつくだろうし、このへんの中古カメラ屋とはだいたい通じていますから。リサイクルショップなんかに行けばまず買い叩かれて利益は出ません。それよりもまず、中古カメラの値段って、ある程度目利きじゃないと見分けるのは難しいものですから」

「そんなものですか」

不思議そうな来夏に、「じゃあ値段当てクイズを」と言って二台、同じ機種のカメラを出してきた。どちらも黒くてごついカメラだった。

「この二台はどちらが高いでしょう」

ニコンFとあるが、どこからどう見ても同じに見える。色も同じ黒で、古び方も同じくらいだ。今宮はカメラの上面を示した。

「これ、ロゴのところ見てください。こっちはＮＩＰＰＯＮＫＯＧＡＫＵとなっていますよね」

三角と、膨らんだような長方形が組み合わさったマークの中に、可愛いフォントで、ＮＩＰＰＯＮＫＯＧＡＫＵ、ＴＯＫＹＯと刻印がある。もう一方のカメラはＮＩＫＯＮとなっている。

「ええ」

「これ、ＮＩＫＯＮに変わる前のロゴなんです。しかもこのレンズは絞り羽根九枚で製造番号六百四十万番台のニコンＦ、通称６４０Ｆです。ニコンの初期型でしかも黒、値段はこちらの数倍です」

「……わからないですね」

「でしょう」と今宮がなぜか得意げにしている。

数日かけてあれこれ準備しているうちに作品の搬入も無事済み、作品展の日を迎えた。

作品展初日には簡単だが記念パーティーを行った。会員たちが和やかに集い、旭さんが代表で挨拶をした。来夏も飲み物を準備したりして動く。お祝いの花なんかもたくさん置かれ、結構な賑《にぎ》わいになった。フィルムなどの消耗品も次々売れたし、カメラも数台売れたので、狭い店だがギャラリー部分を設けた今宮の目論見《もくろみ》は当たったことになる。

来客が一段落してから、来夏もギャラリー部分に写真を見にいく。質感豊かなモノクロで、御神木を下から見上げるように撮った人あり、鵜飼《うか》いの様子を幻想的に写した人あり、水遊びする孫や牧場の牛、夕暮れの日本庭園、すかっと晴れた一面の花畑などを写した人あり、テーマも題材もさまざまだった。定年後の楽しみとしては、いろいろ外にも出て行けるし、こうやっていろんな人とも関われるので、良い趣味なのではないだろうかと来夏も思う。

「来夏さんはどの写真が好きですか」

今宮が声をかける。

「ええと、みなさんいいと思いますが、私がいいと思ったのは、この女の子が可愛いなと」

その写真は一番上の段の真ん中にあった、水遊びをしている幼女の写真だった。水しぶきがアーチを描くところで、水着姿の女の子が万歳している。お腹がぷんぷくに膨らんで可愛い。こんなに小さい子のビキニなんてあるんだなあと思った。

「表情もいいし。子供って本当に可愛いですね」

「喜びますよ、それ旭さんの撮った写真ですから。また言っときます、来夏さんが一番上手いって言ってたって」

　ふと窓の外が気になって覗いてみると、また窓の下にケロンちゃんが来ていた。

「あれ、またケロンちゃんが」

「何だ、ケロンちゃんも作品展が気になるのかな」などと今宮が呟いてまた戻しに行った。

　でも、ケロンちゃんを動かすとしたら誰だろう、と来夏は一瞬思ったが、掃除などしているうちにすぐに忘れてしまった。


　次の日、時刻は午後三時頃、小学生がちょうど帰る時刻らしく、前の道をランドセル姿の子供たちが集団で通っていくのが窓から見えた。

　ガラ、と扉が鳴って男子小学生が一人入ってきた。お腹を押さえ、青い顔をしてもじもじしている。見た分には高学年のようだった。

「どうしたの」

「あの、あの、トイレを」

　来夏は「こっちですよ」と言いながら隅のトイレを貸してやる。本当はもう少し行けば、大手ドラッグストアのお客様用トイレもあるので、通りすがりの人にトイレを貸すのは遠慮したいところなのだが、あまりに表情がせっぱ詰まっているので仕方なく通した。

しばらくして、中からどんどん叩く音がした。

「お姉さん、開かない。開かないよう。出して」

泣きべそをかいて、どんどん内側から叩いているようだった。内側の鍵は掛かったままだ。

「落ち着いて、大丈夫よ、その鍵を回してみて」

「回らないよ」

泣き声が大きくなる。焦った来夏も表から押してみるがびくともしない。古い建物だから、鍵が壊れたのかもしれない。

「怖いよ、怖いよ、開けて」

中で泣き叫んでいる。

「落ち着いて、いま、鍵を開ける人を呼んであげるからね、すぐ開けるから」

とは言ったものの、いま、今宮は講義で大学に出て行っており店には来夏一人なのだった。ちょうど講義が終わったころなので、すぐ今宮に電話をかけてみたものの、移動中なのか出ない。とりあえず鍵の業者を呼ぼうと電話帳を探してみる。

「ちょっと待ってね、今、鍵を開ける業者さんを呼ぶからね、泣かないで、ね、大丈夫だから」

「開けてよ、早く早く」

背後に何かの気配を感じて振り返った。

そこにはもう一人の男子小学生がいて、来夏はぎくりと体をこわばらせた。

その小学生が叫んだ。「作戦Bだ！　逃げろ！」

小学生が手に持った筒を床に放り投げると同時に、煙がもうもうと上がり始めた。火災報知器が鳴る。固まる来夏の背後でトイレのドアが開き、中から飛び出してきた小学生が来夏の腰に激しくぶつかった。

「待って！」

言いながら床に転ぶ。転んだ拍子に額を床にしたたか打って涙が滲んだ。もう小学生は逃げて行ってしまった後だ。煙で視界が霞《かす》む。床に手をついて激しくせき込む。視界の先に、何か紫色の物があった。見ればなぜかケロンちゃんが店の中に転がっている。

小学生たちを追いかけるよりも、店内のカメラが心配だった。とりあえず窓を、と思ってよろよろ起きて、せき込みながらすべての窓と扉を開け放つ。

なんてことだろう。もしも高価なカメラを盗られていたら。もしもこの煙がカメラやレンズに何か影響を及ぼしていたら。もしも内部の機構まで煙などで全部ダメになってしまっていたら。今宮が卒倒してしまうかもしれないし、店もしばらくは閉めなければならなくなるだろうし、そのショックで寝込んでしまうかもしれなかった。店番として自分がついていながら何も防げなかったことに、何とお詫《わ》びしたらいいのだろうと思って真っ暗な気持ちになる。

もうもうと煙が立ち込める店の様子を目にした団子屋のおばあさんが、人をすぐ呼び集めてくれて、店の中も周囲も大騒ぎになった。近くの呉服屋の主人が走って脚立を持ってきて、店の中の火災報知器を止めてくれた。

「大丈夫ですか、いったい何が」

「いたずらなのかよくわかりませんが、小学生が」などと、せき込みながら集まった人々に説明しているうちに店の前にタクシーが停まって、今宮が慌てて降りてきた。どうやって事の説明とお詫びをしたらいいか、頭の中がまとまらなかった。人垣がさっと分かれて道をあける。

「今宮さ――」

いきなり抱きしめられる。頬に触れる今宮の頬が熱い。「よかった無事で。強盗が入ったと。来夏さんに何かあったら、俺」

団子屋のおばあさんが、うんうんと頷いているのが今宮の肩越しに見えて、慌てて今宮の身体を手で押し戻す。

「あの。わたしは大丈夫ですから、カメラを」

あ、そうですねそうだった、と我に返ったらしき今宮が離れる。二人もそうだが集まっていた人たちも妙に照れて無言になった。

その時、外でかん高い声が響いて、人ごみがざわついた。

「放せよ！　放せよおっさん！」

「誰がおっさんだ！」このハスキーな声はカリプソの玲だ。

見れば玲が何かを片手で戸口から引っ張り込むところだった。それは襟首を摑まれた小学生だった。さっきトイレを貸してくれと言った小学生だ。

玲が無表情のまま襟ごと上に引っ張りあげる。もう片方の脇には数冊の本を挟んだまま。

「こいつが逃げるのがちょうど見えたから、一人は捕まえました。元陸上部なめんなよ。あと一人は逃げられちゃったけど」

言いながら来夏に本の束を渡した。

小学生が投げた筒がまだ床に転がっており、今宮がそれを手に取った。

「避難訓練用の発煙筒で幸いでした。人体や機器などには害のないものです」

見れば避難訓練用、と朱書きしてある。

「まあ本物の発煙筒とか消火器だったら俺、今ごろどうしてたかわかりません」

今宮の静かな怒りを感じたのか、じたばたしていた小学生も急におとなしくなった。

普段まったく怒ることのない今宮が、そんな風に目を据わらせて黙ると来夏も怖かった。集まっていた人たちも「さっさと警察に連絡したほうがいいですよ。子供のイタズラだとしても人騒がせな」と、言って戻っていった。

すばしこそうな小学生相手に、来夏ではどうにも心もとないと思ったのか、小学生を椅子に座らせ、その前で玲が腕を組んで監視する。ありがたかった。その間、今宮が帳簿とレジの残金をつきあわせて、お金は盗難に遭っていないこと、カメラも盗まれていないこと、ガラス棚の中までは煙が侵入していないことを確認する。ケロンちゃんも床に起こした。

「未遂に終わったようですね」

「店長、早く警察に連絡を。うちでも、万引きは即そうしてるから。どんなに小額でも」

玲の「警察」という言葉に小学生は肩をぴくりとさせた。まだぶつかった腰も額も痛く、演技で騙《だま》されたこともあって、来夏はやるせなくなる。いたずらにしても何にしても、どうしてこんな大がかりなことを。それも、なぜカメラ屋なんかを狙って。トイレを貸してほしいなんて言って、お店の善意を裏切る嘘をついてまで。

玲が机にだん、と手をついた。

「そんなに悪い子は、警察に捕まって刑務所の牢屋に入れられるんだからね」

「少年法も知らないの、おじさんおばさん。十二歳未満は収容されないよ」

　玲は受話器を取り上げた。

「玲さん何を」

「け、警察に連絡するんですよ」

「まあちょっと待ちましょう」

「何でですか、さっさと通報してしょっぴいてもらえばいいんですよ、悪ガキめ。お母さんにも学校にも友達にも言いつけてやるんだからね。私、ネットにも書き込むし、もうご近所にも知られちゃうかもよ、一生言われちゃうよ。知らないよ。ネットは怖いんだから」

「やれば。それ名誉毀損になるからおじさんおばさんも罪になるし」

　きいい、と玲は拳を握りしめた。

「殴ればいいよ。ほら。まあ、殴ったほうが負けだけど。児童虐待すればいいじゃん。ど、う、ぞ」

　小学生が頭を出す前で、玲は拳を振りあげて必死に耐えているようだった。

「あ」と今宮が声を上げた。「ない」

　今宮の視線をたどるとギャラリーの壁に突き当たった。一番上の写真が忽然《こつぜん》と一枚なくなっている。

写真？

なぜ写真なんかを。来夏は思う。もしかして、壁に飾ってあるので、有名な作家の写真だと思ったのだろうか。数十万円で売れるくらいの。いや、そんなことはない。表に写真クラブの名前が書いてあり、アマチュアの作品展だとは誰もがわかるだろう。小学生が欲しがるものだとはとても思えない。

来夏は記憶をたどる。たとえばカブトムシとか虎とか飛行機とか、男の子が好きそうな写真だったらまだわかるが、消えた写真は、たしか旭さんが撮った、水遊びをしている女の子の写真で、なぜそんなものを狙ったのかもわからない。ただのいやがらせやいたずらなら、手の届きやすい一番下の段でもよかったはずだ。それに、発煙筒もわざわざ特別な物を調達しているという凝りようだ。

もう一人逃げた小学生が、手に何も持っていなかったところを思い出すと、ランドセルの中に額ごと入れて持ち去ったのではないか。額には厚みがあるが、一枚なら無理なく入れられる。

「名前は。学校は。住所は」

腕組みをしたまま玲が言う。

「黙秘します」

いちいち言うことが生意気だ。

「いい。こっちで勝手に調べるから。これあんたのランドセルでしょ。開けるよ」

「開けても無駄だよ。身元が割れるようなものを身につけないのは組織の鉄則だから」

「逃げたもう一人の子って誰」

「俺が仲間を売ると思う?」

玲は怒り心頭で、両手で机をバンバン叩いた。

「いいかげんにしなさい。本当に警察を呼ぶわよ」

「早く呼べば」

「私このままここでずっと見張ってるから、ずっと家に帰れなくなっても知らないよ」

「それ未成年者略取って言うんだよ、そんなのも知らないのおじさんおばさん」

「何ですって、もっぺん言ってみなさいよこのくそガキ!」

玲も怒鳴ったが、少年も玲に怒鳴り返した。「俺はカメラなんて大っ嫌いなんだよ!」

今宮が玲の肩に触れた。

「まあまあ、玲さんも落ち着いて」

「落ち着いてなんていられますか! 何この子! 店長、早く警察呼びましょうよすぐに!」

「いいからいいから」と今宮がなだめる。「玲さん、ちょっとギャラリーのソファーで座って休んでください、俺、かわりますから」

玲にお冷やを出すと、一気に飲み干した。「おかわりもらっていい?」と言う。

今宮が机を挟んで、小学生の前に座った。小学生は依然そっぽを向いている。

「何か理由があったんでしょう」

まだ黙っている。

「ケロンちゃんを踏み台にして、連日窓から覗いて偵察していたのは、君たちなんですね」

今宮が淡々と言う。小学生は答えない。

「カメラにも現金にも手をつけなかったのは、目的は別にあったから、でしょう」

まだふてくされた表情で今宮のほうを向かない。

「それでも避難訓練用の発煙筒を使ってくれたのは助かりました。もっと他の消火器とかなんかだと、全部すぐ分解洗浄しなくちゃいけなかったですから。君はカメラが嫌いと言ったけど、おじさんは好きです、何よりも」

そのまま今宮が黙る。小学生も黙り続ける。手持ち無沙汰になったのか、今宮はその辺にある紙を真四角に切って、何かを作り始めた。無言になった今宮をちょっと気にするように、小学生が見る。今宮の作ったのは、折り鶴だった。

けっ、なんだ鶴かよ、という露骨な顔で小学生が見た。

「おじさんは、まあ、手先の器用さでここまで来てるんですが、カメラ修理職人の本気、見ますか」

言って今宮が髪をまとめた。今宮が切り出したのは、角砂糖の一面ほどの四角形だった。先が針のようになった工具を使いながら、さっきと同じくらいの早さで折っていく。できた鶴は指の先で米粒くらいの大きさになった。

「こんなものはまだ序の口なんですが」

言いながら今宮が大きめの紙を取り、さらに複雑な折り方で何かを作り始めた。さすがに器用な男を自負するだけあって動きが早くて迷いがない。

「はい、火を噴いている双頭のドラゴン。ここひっぱると羽も動きます」

来夏と同じく、玲も怒りを忘れたように、いつの間にか側に寄って見ていた。小学生も興味津々な目つきで見つめている。その後、プテラノドンとステゴサウルスとティラノサウルスの恐竜シリーズが机に並び、鶴が何羽も複雑につながった変わり折りが二、三できるころになると、小学生も「すげえ、これどうやって作るの」と目を見開いていた。

「でしょう。器用さではたいていの人には負けません」と今宮が静かに言う。「よければ折り方教えますよ」

小学生が笑みを浮かべたが、はっと我に返って笑みをひっ込めた。

「何があったか、話してもらえないかな。理由が知りたいんです。もし君の言い分を聞く気が俺にないなら、すぐに通報していました」

今宮がぽつりと言う。小学生は少し迷っていたが、やがて口を開いた。

「……ごめんなさい」

「旭君、だよね」

今宮の言葉に、小学生は息を飲んだ。

「何で。何でわかったの」

来夏も驚いていた。ということはあの旭さんの孫？

「やっぱり旭さんのお孫さんだったんですね」

小学生が身を縮こめる。

「何？　知り合いの子供なんですか？」

玲も驚いたようだった。「この作品展のまとめ役をなさってる、写真クラブのリーダーの方のお孫さんで」と説明する。

「今宮さん、どうしてわかったんですか」

来夏の言葉に、今宮は少し考えてから口を開いた。

「連日ケロンちゃんに乗って、偵察して計画を立てるくらいだったら、普通はもっと金目の物を盗むでしょう。でもそうしなかった。目的が写真となると、話が違ってきます」

　小学生はうなだれる。

「写真を盗ったのは、その写真にそれだけの理由があったからです。たとえば写真の関係者であったり。あの女の子は、旭君の妹ですか」

　小学生がうなだれたまま頷いた。

「そんな。じゃあ、どうして……」

　来夏も呟いていた。

「じいちゃんのブログ、見たことありますか」

　今宮が頷く。

「ええ、たびたび」

「じいちゃん、カメラを買って嬉しいのか知らないけど、俺の妹を、すごくたくさん写すんです。まあ、今しゃべり始めたばかりの二歳だから、すごく可愛い。でもじいちゃん、妹の名前も、町内会の行事のことも、家の近くの公園のことも、友達の名前も、なにもかも全部ブログに書いちゃって」

　ああ、と今宮が額を押さえて頷いた。心当たりがあるのだろう。

「母ちゃんがそのブログを見て、子供の写真を載せるのはやめてくれませんか、載せるならせめて、子供の写真には目線を入れるとかモザイクをかけてください。個人の情報がわかるようなものはすべて削除するか黒く塗ってくださいって言ったんだ。そうしたらじいちゃんすごく怒って、キョーヨーがない嫁はこれだから嫌なんだってグチグチグチグチ。これだから学のない女はダメだグチグチグチグチ」

来夏もはっと気がついた。ギャラリーにある写真のタイトルも「彩音《あやね》ちゃん二歳の水遊び」だった。ほんの幼児なので丸出しのお腹もほほえましく見ていたけれど、裸といえば女の子の裸なのだ。

このところ嫌な事件も多いし、母親としては誘拐やいたずらを気にしてもしすぎることはないだろう。そんな個人情報を、写真付きで毎日毎日全世界に向けて発信しているとなると、確かに、ただの趣味だと言っても見過ごせない部分もある。

「母ちゃん、精神的にも体力的にも弱いから、今、家の前を変な男が通ったとか、帰りをつけられたみたいだとか、公園にいるときに彩音を携帯のカメラで撮られたかもしれないとか、なんかもう寝込んじゃって。俺とか兄ちゃんとか父ちゃんが、どんなにじいちゃんに頼んでも、何を言うこれは芸術作品なんだって、余計に頑固になって。ブログの記事を削除しようと思っても、他人はログインできないし」

じゃあ逃げたもう一人は、この子の兄だったのかと来夏は見当をつける。

「今回の作品展だって、彩音の水着姿の、裸ん坊みたいな写真を出すって言うからさ。また母ちゃん寝込んじゃった。俺、こんなに頼んでるのに何だよって頭にきて。写真自体がなくなっちゃえば、ちょっとカメラにも冷めるかなって思ったんだ。俺たちでじいちゃんをこらしめようと思って」

今宮が考え込む。

「なるほど、そういうわけだったんですか」

「もう誰が何を言っても聞いてくれないんだ。カメラの先生にも頼んだけど駄目だった。言えば言うほどじいちゃんもよけい意固地になるし」

来夏も旭さんの顔を思い浮かべる。自分の決めたことは絶対に曲げないような、ある種の頑固さを来夏も感じていた。だからこそ自分が心底、納得のいくカメラが見つかるまで、店で丸四日も粘ったのだと思う。

今宮が説得しても多分駄目だろうな、と来夏は思う。これぞ自分の作品だ、これは芸術なんだと思っている人間に、ネットリテラシーなんて説いても絶対に聞かないだろう。現に孫の写真はとてもよく撮れていた。ブログで世間に自慢したくなる気持ちもわからないでもない。

それにネットがそう身近でなく育った世代の人間にとって、ネットの広がりや炎上、情報拡散の速さなんかはあまり実感を伴ってないのかもしれない。ネットに残った画像は、ネット上を永遠に漂い続けることもあるというのに。

さてどうやって旭さんを説得したものか。今宮も同じようなことを考えているのか、思案顔だ。

「じゃあ、旭さんのブログをやめさせる、というか、妹さんの写真については撮ってもいいけれど、ブログに載せるのはやめてもらうことができたらいいわけですよね」

「うん、まあ。そうしたら母ちゃんの具合も良くなると思うんだけど」

四人ともしばらく黙っている。

「そうだ、旭君、名前をまだ聞いていなかった。俺は今宮、こちらは玲さん。それから来夏さん」

「旭雄太《ゆうた》です。兄ちゃんは健太《けんた》」

「じゃあ雄太君。俺が旭さんを無事説得できたら、あの写真を旭さんに戻してあげてくれないかな。直接渡すのが難しかったら、この店に届けてくれてもいいから」

雄太は少し迷っている様子で黙った。

「旭さんのやっていることで、みんなが心配しているのはよくわかるよ。俺も妹さんに何かあったら心配だしね。だから俺が、旭さんにブログに個人情報を載せないよう説得するから」

そんなことできるのだろうか、と来夏は心配になる。いくらなんでも客と店主だ。店が気に入らなくなれば、客は店を変えるだけで事足りる。店主が客に意見をするなんて。カメラの先生だって説得できなかったのに。

「でもそんなのできるの」

雄太も同じことを考えているのか、表情は硬い。

「真剣に説得すればわかってもらえるはずだよ」

今宮の言葉を聞いても、雄太は黙っている。

「でもね雄太君。あの写真は旭さんの作品なんだ。雄太君も絵を描くとき、まずどんな紙に描こうか考えるよね。ざらざらした紙がいいのか、キャンバスがいいのか。そうやってまず、旭さんはたくさんあるフィルムの中の一つを選んだ」

雄太は下を向いたままでいた。

「そして、写すものが決まったら、レンズを選ぶ。これは、太い筆で一気に描くのか、細い筆で繊細に描くのかに似ていて、仕上がりもまったく違うものになる」

雄太も下を向きながら、何かを考えている様子だった。

「それから絞りを決める。背景をぼんやりさせるのか、くっきりさせるのか、絵を描くときみたいによく考える」

今宮は続ける。

「まだ終わりじゃない。シャッタースピードも。流れる水の流れを、一本の筋のように写すか、水の粒みたいな一瞬を撮るか、それも考えて撮る。そうして、やっとできたのが旭さんのあの写真なんだ。苦労して、考えた末にできた一つの作品なんだよ」

今宮が静かに言った。

「……わかったよ」

「旭さんは、俺がうまく説得してみせますから」

「ありがとう。おじ、お兄さん」

そう言ってぺこりと頭を下げ、雄太が帰ろうとした。今宮が雄太の耳元で何か言う。雄太は一瞬不思議そうな顔をして動きを止めたが、微かに頷いて帰って行った。

「何を言ったんですか」

「まあね」とはぐらかされる。

来夏は大きくため息をついたが、今宮も同じようにため息をついていた。

「ケロンちゃんも脚立の代わりにされてかわいそうに」と言いながら、今宮が薬局にケロンちゃんを戻しに行った。

「今宮さん、どういう風に説得するつもりなんですか。旭さん、そうとう頑固そうだし、手ごわそうです」

帰ってきた今宮に来夏が問う。今宮は結んでいた髪をほどき、頭をわしゃわしゃとかきまわした。

「まあ、それは今から考えます」

「ええ？　ちょっと待ってよ店長さん。今からって。もしかしてまだ何も考えてないわけじゃないですよね」

玲が呆れ顔をした。嫌な予感がする。

「まあそんな感じと言えばそんな感じです」

「ちょっと店長さん」

「俺が人を説得できるくらい口が上手かったら、この今宮写真機店も今ごろは全国に支店を増やして、ばりばり稼いでますよ」

そう陰気な口調で言われれば何も返せない。それもそうだ。

「まあ私は今からでも警察に行ったほうがいいと思いますけどね……」言いながら玲が自分の店に帰って行った。

来夏も考えてみるが、どうやってもいい考えは浮かんでこなかった。指先でさっきの折り紙の切れ端をもてあそんでみる。ドラゴンなどは記念に雄太に持たせた。

「それにしても、さっきの折り紙って」

「ああ、あれ、学生時代、ライティングの実習の時に物を撮ったんですけど、折り紙でやったら陰影が面白いかなって、折ってみたら一時期はまって。なんでもやってみるものですね」

言いながら立体のカメラを折った。ちゃんと一眼レフの形になっているあたり芸が細かい。

「あの空いた部分どうしましょう」

来夏がギャラリーを目で示す。真ん中の最上段、そこだけがぽっかりと穴が空いたようになっており、ひどく目立つ。

「まあ、いくらお客さんのお孫さんが盗ったにせよ、作品が作品展中に消えたなんてなったら、ギャラリーの管理責任も問われるし、家族の中でもまた話がこじれるだろうし、旭さんが気づく前に何とかしないと」

「ネガはないんですか。そこから複製したりできませんか」

「あの写真、残念ながらうちで現像したんじゃないんですよ。他のプロラボで現像したものです」

「ブログの名前、何て言うんでしたっけ。パソコン、お借りしていいですか」

実際見てみれば、何か説得できる要素があるかもしれないと思った。

「東京日常写真日記・紙ふうせん、でしたね、確か」

検索するとそのブログが一番に出てきた。一日平均の訪問数も百人を越え、けっこうな人気を誇っているようだった。問題の、日常写真館のページを開けてみて、来夏は唸った。

「彩音ちゃん二歳の誕生日おめでとう」これで彩音ちゃんの生年月日は正確に知れる。

「彩音ちゃん、オジイとはじめてのおつかい」拡大すれば電柱に張られた住居表示がはっきり写っている。「彩音ちゃんのおさんぽ、ただいまわたしのおうち」もう自宅も全世界に向けてオープンだ。表札もしっかり写っており家族のフルネームまでばっちりわかって、乾いた笑いが出た。

これでは女の子の母親なら寝込むだろうと、来夏も気の毒になる。本当に日記のごとく怒濤《どとう》の勢いで毎日孫を撮っているのだとわかってある意味感心する。

「彩音ちゃんのプール」なる水着姿もあれば、「彩音ちゃんのお着替え上手」などもあり、写真がいちいち上手く、孫の彩音ちゃんの可愛さを存分に表現できているのがまたやっかいなところだった。裏事情を知ってしまった今は、とてもほほえましくなど見ていられないけれど。コメント欄も、孫の可愛さと撮影技術をほめる写真仲間のコメントで溢れていた。

「これは……お母さんも病みますね」

「うん、まあそうですよね」

「ほんの数ページ見せていただいただけですけど、わたし、彩音ちゃんのこと詳しくなりました。何時から何時まで、だいたいどこの公園のどの遊具で遊んでいるのかとか。嫌いな食べ物まで知ってるし。かぼちゃ」

「俺だって彩音ちゃんがメロンが好物なの知ってますよ。二番目はおかかご飯」

電話が鳴り出し今宮が取ると、「ああ、旭さん。お世話になっております」と言い出したので、来夏は固まって今宮の表情に注目する。

「はい、ええ……明日の夕方ですね。わかりました。その時間帯には店にいるようにしますので」などと言っている。今宮の声は普段と変わらないが、額に手をやり早い瞬きを繰り返している。どうやら旭さんは明日、店にやってくるらしい。

電話を切るなり今宮がカウンターの机に伸びた。くせ毛がわさわさとうねる。

「明日の夕方、旭さんの写真の先生が、元生徒の作品をぜひ見に来たいということで、旭さんがじきじきに案内することになったそうです」

「じゃあそれまでにとりあえずブログのほうを何とかしないと。どうするんですか、できるんですか、旭さんの説得。時間も、今晩とかしかないわけですよね」

「やるしかないですよ……」

今宮が考え込む。現実逃避なのか、折り紙のカメラを持ってとりあえず構えてみたり、パソコンをいじったりしている。

その夜、来夏はなかなか眠れなかった。どんな風に説得しても「それは芸術だから」で全部済まされそうな気がしてきた。夜更けになっても眠れず、説得の材料を探そうと思ってブログをまた検索してみたら、例の日記のページが「ただいま工事中」となっていた。

あれ？　ともう一度検索し直す。やはり、ただいま工事中、となっている。もしかして、今宮が説得に成功したのかも、というかすかな期待を抱いて眠りについた。

雨の上がった谷中は爽やかに晴れていた。

団子屋の前に差し掛かると、おばあさんがニヤリとした。絶対この前のことを言われると思って身構える。

「いいねえ。あたしゃ驚いたのなんのって。三十四年間で、あの子が初めてカメラ以外のものをカメラより優先した瞬間を見た」

今宮の胸板の厚みとか、骨ばった腕の感触とか、頬が触れ合った部分の熱とかを一気に思い出して顔が熱くなる。

「違いますってば。強盗とかって聞いて、今宮さんも気が動転しただけで、そういうのでは……」

あの時、本当は心の底からほっとしていて、泣いてしまいそうになっていた、ひ弱な自分を戒める。頬をぴたぴた叩いて、冷めるのを待ってから店に着くと、今宮が晴れやかな顔をしていた。「昨晩、説得に成功しました。大人同士、真摯に話し合えば、わかりあうことができるものです」と澄まし顔だ。

「ええ、今宮さんがどうやって説得できたんですか」

意外に思う。手先は器用だけれど、どうやっても説得とかは不得手な雰囲気なのに。

「それはまあ。その、ほら。ネットはいろいろ危ない、とか、理論立ててですね、お話をさせていただきました」

「いろいろ危ないってどう危ないんですか」

もう少しつっこんで聞いてみる。

「ささ、昨日の騒動があって、目に見えなくてもいろいろ汚れてるかもしれないので、拭き掃除でもしましょう、俺も手伝うので。床掃除を」と、今宮がモップと雑巾を持ってきた。

ガラ、と扉が鳴って、来夏がふとそちらを見ると、小学生の男子二人が並んで立っていた。健太と雄太の兄弟だ。

「あのこれ、お姉さん。昨日はぶつかっちゃってごめんなさい」と、雄太から駄菓子の詰め合わせを渡される。昨日はあんなに憎らしかったのに、こうやって見ると可愛いところもあるな、と思う。「もうひとりのお姉さんにも渡してください」と玲の分も預かる。

「これ、写真持ってきました」と兄の健太のほうがランドセルから額を出す。「すみませんでした」と素直に頭を下げた。

「おかげさまでじいちゃんも、ブログに彩音の情報を載せることを考え直してくれたみたいです。もう本当に気をつけるからって。母ちゃんにも、何度もすごく謝ってました」

一晩で本当に説得できたんだ、と写真の額を受け取る今宮をちらりと見上げる。来夏は心の中で、また今宮を見直した。

「これもロリコンのお兄さんのおかげです」雄太が言った。

「ちょっと待ってよ、俺、別にロリコンじゃないし」

「お兄さんがロリコンで助かりました」健太も言う。

「いや違うから違うからちょっと待って」

兄弟でニヤニヤしている。

「ねえロリコンって何のこと?」

「じいちゃんのブログにコメントを書き込みしてくれたんです、お兄さんが」

「どんなことを書いたんですか」

「もうないですよ、削除後ですからないない。ないから探しても無駄ですよ」

今宮がこんなに慌てるのを初めて見た。

「あ。スクリーンショットで撮っておきました。見ますか」

健太が来夏にスマホを差し出す。最近の子供は何かとすごいな、と思った。今宮の手をはね除《の》けながらコメント欄を読んだ。

——彩音たん可愛すぎ。写真五百三十枚印刷して部屋中に貼ってます天井にも貼りました。いつどこ見ても彩音たんと目が合います――写真は全部保存してそのためのハードディスクも買いました。ハードディスクに添い寝して毎日寝てますあったかい――この彩音たんの写真、実物大で抱き枕に印刷しようとおもいます。表は水着、裏はワンピースです――

よく見たら画像も投稿してあった。画像ソフトで作ったのか、今宮の二階の部屋画像らしきものを元にして、部屋中びっしりと彩音ちゃんの写真が貼られているように加工してある。今宮の無駄な超絶技巧により、もう現実としか思えないほどに完成度の高い彩音ちゃんファンの独身男性部屋画像となっていた。

「ちょっと何ですか来夏さんまでその表情」

ちょうど今宮が彩音ちゃんの写真の額を胸に大事そうに抱えているのが、何というか、ものすごくリアリティを増していた。

「あの。こっち見ないでもらえますか」

「違います、何です来夏さんまで。これは俺のとんちですよとんち」

小学生たちが笑いながら走り出ていった。「おいちょっと待ってよもう何だよ」

今宮の手の中で、写真の彩音ちゃんが邪気のない笑みをにこにこと浮かべている。

ニコンF

第六章　恋する双子のステレオカメラ

日暮里駅南口を出て、谷中霊園の中を通って店へと向かう。いちょうがちょうど見ごろで、地面は黄色一色だった。ふと見ると猫がいた。よくかわいがられているのか、丸々として赤い首輪をつけている。三崎坂を下りる途中、大圓寺《だいえんじ》の見事ないちょうの大木も見る。和菓子屋の軒下で、秋の空に、あんみつののぼりが色鮮やかに翻ってい た。差し入れを口実に買って行こうか迷う。本当は自分が食べたいだけなのだけれど。

今宮写真機店に向かう道すがら、容器に入れられた色とりどりの切り花に目を留めて、自然と歩みが遅くなった。葉に模様が入った珍しいアロエも、センスのいい器に入れられ、生き生きと葉を伸ばしている。

見れば店先で幼稚園児くらいの小さい女の子が、買った花束を自分で持つのだと駄々をこねている。大事な花束を地面に擦ってしまうかもしれないし、花びらを振り落としてしまうかもしれない。女の子は花束を手に胸を張り、子供扱いしないで、というような表情でいる。困り顔のお母さんには悪いけれど、かわいいな、と頬が緩む。

子供扱いしないで。

来夏の記憶のある部分が突然、蓋を開ける。ふわりと香るオードゥ・トワレ、アンテウスの記憶と共に。

――来夏――

――いつまでも子供扱いしないで。わたし、もう、子供じゃないから――

「やあ、来夏ちゃん今からバイト？」

声をかけられてはっと我に返った。ぼうっとほうけた顔をしていなかったか心配になる。店主の矢敷《やしき》が脂っこく笑ってどんどん距離をつめてくるので、来夏は愛想笑いを浮かべながら半歩引いた。その店は〝花とおいしいお酒・缶詰立ち飲み処〟「枝豆屋」といい、三回くらい看板を読んでもコンセプトがいまいちはっきりせず、釈然としない気持ちになるという花屋兼立ち飲み屋だった。花と立ち飲みは合うのだろうか、と思っていたが、まあまあ流行っているようで、バイトの行きも帰りも誰かしら客がいる。花屋を継いだ二代目の矢敷が、新機軸を打ち出したかったらしい。

店名は別に枝豆を売っているというわけではなく、ただの店主の食の趣味ということだ。

「ねえねえ来夏ちゃん、あの変人と仕事してて大丈夫？　無事？」

矢敷が声を潜めるので、急に心配になる。

「え、いや、あの、大丈夫ですけど……」

矢敷は今宮と同級生で、生まれながらの谷中っ子だということだ。

「あいつもう、物心ついたときからカメラカメラカメラでさ、女の子よりカメラだとか言って浮いた話ひとつないし。何というか男子として、ひとつの種として間違いまくってるよねー」

曖昧な苦笑で相づちを打つ。

「あいつの親父はさあ、そりゃもう、谷中のプレイボーイといえばカメラ屋の今宮さんってくらい、あっちこっちでモテまくりだったのに、なんで息子はああなんだろうなあ」

「あ、そうなんですか」

と、なるべく表情を変えず応える。

「でも浮いた話があったといえばあったかな、まあ昔の話だしな」「へえ」来夏が言うと背後から、「何の話ですか面白そうですね」という噂《うわさ》の主の声が響いて来夏は慌てて振り返る。

「さあ行きますよ。矢敷は変なこと吹き込まないように」

「いいじゃねえかよ、俺は真実をだなあ」

「真実と言えば先週の金曜の晩、何か夜の蝶的なお姉さんと一緒に——ああ有子《ゆうこ》さんだ、おおい」

急に矢敷の態度がかしこまる。歩いてくる有子を見て、いつ見ても威圧感ある奥さんだなあと思う。

言うなよ、お前、言うなよ、と小さな声で呟く矢敷を残して今宮が立ち去るので、慌てて来夏も後ろに続く。

「ねえ何か聞きました？」

今宮は一歩先を歩きながら言う。

「え、いやあの、特には」「本当に？」「ええまあ」今宮は、「まったくもう」と呟いて進む。

店に入ると、今宮は買い物の袋を二階に持って行った。しょうがとサバの切り身が袋から透けている。今晩はサバの味噌《みそ》煮を作るのかもしれない。

来夏はガラス棚を眺めて、自分の売ったカメラがまだ棚にあるかどうかを確かめる。棚には、ずらりとカメラが並んでおり、それぞれに値札が付いているが、中には値段の脇に、「委託品」と書かれたものもある。

「気になっていたんですが、この委託品っていうのは何ですか」降りてきた今宮に声をかけた。

「これはお客さんからの預かり物ですよ」

来夏には不思議な感じがした。

「預かった物をここで売るんですか」

「売れたらお客さんにお金が入って、そのうちの何パーセントかを店がもらう、まあ言ってみればカメラ一台分の場所を貸すといったシステムです。値段はお客さんが決めます」

来夏は頷いた。

「噂をすればなんとやらだ、そろそろいらっしゃるころだと思ってました」と今宮が店の外を見て言う。

男の客二人連れは珍しい。珍しいが、色違いの同じ洋服に同じ髪型というのはもっと珍しい。提げているカメラも同じという徹底ぶりだ。

客は一卵性の双子だった。

「新しい人増えてるって本当だったんだな」「昼に来た甲斐《かい》があった」

来夏は会釈した。「アルバイトで入りました」

双子の兄弟は小林省吾《こばやししょうご》と小林玲二《れいじ》と言うらしい。二カ月間である委託品の販売期間が終わり、カメラを引き取るか、値下げをするか、買い取りに切り替えるかを選びに来たのだという。

結局値下げをしてまた委託期間を二カ月延長することとなったらしく、手数料を払い込むことに話が落ち着いた。

来夏は小林兄弟がそろって持つカメラに目を奪われる。カメラはカメラなのだが、横長のボディに、横に二つレンズが並んでいるのは、考えてみれば妙な気がする。来夏の不思議そうな表情を見たのか、「これ知ってる？　ステレオカメラ」と言った。

来夏は首を傾げる。

「じゃ、さて問題です、このカメラはどのように写るのでしょうか」「だいたい初対面の人にはクイズを出すんだけどさ」

来夏は少し考えてから、「二コママンガみたいに、時間差で撮れるとかでしょうか」と言ってみた。

「ブブー」「不正解残念」「このカメラは、平面じゃなくて立体に写すカメラなんだよ」と小林兄弟が口々に言う。

「立体ですか？」

来夏の口調から疑いのニュアンスを感じたのか、「じゃあ見せてあげるよ」と省吾のほうがミニアルバムを出してきた。

アルバムには写真が貼られていたが、来夏にはまったく同じ写真が、隣り合わせに二枚並んでいるようにしか見えない。

「ほら、やったことない？　こういう写真を寄り目にしたりして、焦点をずらすと、真ん中に現れる写真が、浮き出て見えるってやつ。箱にメガネが付いた専用のビューワーもあるんだけど、それがなくてもちょっとのコツで見えるようになるよ」

「ああ、あれですか。やったことあります」

来夏も頷く。目が良くなるという触れこみの本を、本屋で見かけたことがあった。二枚の写真が三枚に見えるように、寄り目にしたりして焦点をずらす。アルバムを奥に動かしたり、手前に動かしたりして、ぴたりとなる場所に来ると、来夏は驚きの声を上げた。

写真はタージマハルだったが、本当に立体感を伴って見える。

「本当に浮き出て見えますね」

「旅行とか行ったときに、これで写真を撮ると帰った後からも楽しいよ」

来夏はコツを覚え、他の写真も見てみる。果物も人間も風景も、ちゃんと浮き出て見える。

「面白いです。自分が小さくなって、本当にそこに行って、景色を眺めているみたいです」

来夏は声を上げた。

「小林さんは、このステレオカメラがご専門のコレクターなんです」

今宮が言う。

「なんか、同じようなものが二つ並んでると妙に安心するんだよな」「な」と二人して頷いている。

「触ってみる？　これ、ステレオグラフィックっていう機種なんだけど」と玲二にカメラを手渡され、緊張しながら受け取る。

「こうやって持ってみると、レンズが二つあるから、なんだか人の顔みたいに見えて、ちょっとかわいいですね」

「そうその通り。このレンズが二つあるってところがミソなんですよ」

来夏がカメラを玲二に戻すと、玲二は横に並んだ二つのレンズを指さした。

「動物の目ってみんな横に並んでるでしょ、縦に並んでる動物ってぜんぜん見ないでしょ」

来夏は動物で目が縦に並んでいるものを思い浮かべようとしたが、できなかった。

「ええ確かに、そうですね」

「それは何でかって言うと、左目と右目の見え方の差で脳が奥行きを計ってるからだよ。だから、眼帯とかしてると距離感がうまくつかめなかったりするでしょ」

省吾はアルバムとカメラのレンズを交互に指さす。

「この左のレンズで写したものが左の画像、右のレンズで写したものが右の画像。同じ写真のように見えるけど、ちょっとだけ左右にずれてるのわかるかな。それがこの左右のレンズの位置の差なんだ。それを見ている側が、視点をわざとずらすことによって、脳はそれを立体だと思いこむ」

「本当だ、ちょっとずれてます」

来夏が見比べる。

「このステレオカメラの原理は、それを利用したものなんだ。だからこのレンズも、人間の目とだいたい同じ間隔に並んでいるんだよ。最近の３Ｄ映画もその原理を利用して画面に奥行きを出してるし、車が接近しすぎたら自動で止まるシステムにも使われているらしいね」

　玲二も続ける。

「人間の目って面白いよ、たとえばこの写真の一方に傷とか汚れがあるとするでしょ、でも立体視するとそれを脳が消すんだ」

　へえ、と来夏が感心する。

「ステレオカメラってそういう面白いカメラなんだけど、外国に比べて不思議と日本ではあんまり人気がなくてさ。なんで流行らないんだろうか不思議だよ。詩人の萩原《はぎわら》朔太郎《さくたろう》だって撮ってたのに」

「わたしも初めて見ましたけど、面白いです」

　今宮も頷いた。

「もともとステレオカメラの仕組みって、元は軍事用に開発されたものだそうですよ」

「軍事用……」今宮の言葉は、来夏には意外に思えた。

「地形を正確に把握したい時や、カモフラージュを見破りたい時なんかにこの立体視が役立ったらしいです。今ではＮＡＳＡの探査機なんかにも、その原理が応用されていると何かで読みました」

来夏は、玲二が持つステレオカメラを見つめた。

「あ、そうだ、ちょっと今宮さんに聞きたいことがあってさ。今宮さん、もし一枚の写真があって、その画像から、場所とか人物とか時代とかを特定することって可能だと思う？」

「特定ですか」今宮が顎に手を当てて考え込む。「手がかり次第かと思いますが。どうかしましたか」

省吾と玲二は顔を見合わせて頷いた。

「ちょっと見てもらいたい画像があるんだけど。プリントしてきたから、見てくれるかな」

省吾が出してきたのは一枚の紙に並べて印刷してある、白黒の二枚の写真だった。正確には一組の写真とも言えるだろう。右の写真にも左の写真にも、黒髪をまっすぐ顎のラインで切りそろえた女の人が、黒いワンピースを着て同じポーズで立っている。背景にはアロエに似た植物が生えている。屋外のようだ。無機質なコンクリートブロックがある以外は、何の情報もない。影が同じ方向、同じ長さで斜めに延びている。光が強く、モデルの女の人も若干目を細めているところを見ると、夏に近かったのかもしれない。

「この写真、立体写真ファンサイトにアップされたものなんですけどね」

「素敵な人ですね」

来夏が思わず言ってしまうほどに、写真の中の女の人は優しく微笑んでいた。

「一見ステレオ写真に見えるでしょう。でもよく見て。二枚ともすごくよく似ているけど、後ろの植物も違うし、少しだけ鼻の形も違うし、左の写真の人には、目のわきに黒子《ほくろ》があるんだ。だからこれは、厳密に言うとステレオ写真ではないということになる」

来夏がよく目を凝らすと、本当に左の人の目の脇には黒子があった。確かに植物の形も微妙に違う。ということは、一つの物体を二つのレンズで写したステレオ写真ではないということになる。となると……

「僕たちにはぴんときた。このモデルの女の子も、僕たちと同じ双子なんだって」

確かに同じ顔、同じ服、同じ髪型だ。

「ステレオカメラがあんまり普及してないこの日本で、僕たちと同じ双子が、ステレオ写真に興味がある。これってもう運命なんじゃないかと思うんだよね」

なるほど、理解できた。この双子はこの女の人たちに、とにかく会いたいというわけだ、と来夏は内心くすりとした。

「このサイトへの投稿者に問い合わせるのが一番近道なように思いますが、もうそれは当然試された後でしょう?」今宮が言ってパソコンを立ち上げた。

「サイトの管理人にもメールを送ったけど、別に投稿者は会員限定とかじゃないから、通りすがりの人間が誰でも投稿できるらしいよ。

　掲示板に、この写真の投稿者にぜひ話を聞きたいってメッセージを書き込んだけど、本当に投稿者はただの一見《いちげん》さんだったみたいで、書き込みのIPを調べてもらっても、それっきり投稿していないって。なしのつぶてだよ。どこかの拾い物の画像かもしれないしね、何がなんだかまったくわからないんだ」

「それじゃあ無理じゃないですかね」

　今宮が腕を組む。

「まあそう言わずに。そうだ、来夏さんなら、女子目線で服装とか、髪型とか、メイクとかの流行から何かわからないかな」

　来夏もその画像を集中して見る。髪型はオーソドックスなボブスタイルで、流行と言えるものでもないし、二人ともメイクが薄めな上に、白黒写真なので色味なんかもわからないのが苦しい。素の爪を、品よく切りそろえて、右手をお腹のあたりに置いている。

　指輪などがないだろうかと思ったが、左手はちょうど陰になっており、結婚しているかどうかなどの情報もわかりそうにない。

　もう少し服装も流行を追ってくれていたら、まだわかりそうなものだけれど、すとんとしたシンプルな黒ワンピースで、裾だけに控えめなフリルがついており、靴はフラットなサンダルだった。つやつやした肌の質感はだいたい二十五歳くらいに思える。

「うーん、二十代半《なか》ばくらいっていうことぐらいしかわかりません……すみません」

「そうか、やっぱり無理かなあ。運命に引き裂かれた二組の双子。ああ」

「会いたいなあ。毎日見てるうちに、僕、もう彼女たちを夢にまで見るようになって」「僕も僕も」と二人で大きなため息をつく。

「巨大掲示板に、この人の情報を望む、みたいに張り付けるのもイヤなんだ。プライバシーのこともあるし、晒し上げられたりでもしたら、彼女たちを他の男たちに汚されるみたいで」

来夏もなんとか探してあげたいとは思うけれど、この情報からではどうにもできそうになかった。

今宮が口を開く。

「でもこれ、どういう意図で撮られたものなんでしょう。この写真は、一般的なフィルムの比率ではないですね。プリント後に、わざわざこの大きさにカットしたものだと思います。ステレオ写真ファンサイトにアップされているし、一見、見た目もステレオ写真みたいですが、縦横の寸法の比率はステレオカメラの規格ともずいぶん違うような気がします。ステレオカメラには確か三種類ほど規格があったはずですよね」

「そうなんだよな」玲二が言った。「不思議な比率なんだ、24ミリ×23ミリのリアリストサイズとか、ステレオカメラ本来のフォーマットとは全然違う。撮り手は、そこまで厳密に、ステレオ写真に似せるつもりはなかったってことかな……よくわからない」

「今宮さんが見てフィルムだと思う？　デジタルだと思う？」

「そうですね、モニター越しなのと、光が強いので白とびしてる部分もありますから、はっきりとは言えませんが、印象では、フィルムに近いかと。描写は似ているので同じレンズ、同じカメラ、同じフィルムだと思います。そして影の様子から見て、同じ日の同時刻に撮っている可能性が高いです。でも――」

今宮は首を傾げた。

「人間を撮るのは苦手なので、あまり言えたことではないですが、背景の配置やポーズのとり方に関して言えば、プロらしくはないですね。家族が撮った記念写真風でもあります。あるいは家族が撮った記念写真風に見えるように意図して撮ったか。とにかくちょっと妙な構図ではありますね」

言われてみれば、大きい写真の一部を切り取ったような据わりの悪さを来夏も感じる。写真のフレームに対して、人物が小さすぎるような気もした。そのためよくわからない植物とのツーショットのようにも見える。その植物は、遠近感のせいということもあるが、それを差し引いても大きい。大人の腰を越えるくらいはあるだろう、アロエのお化けのようだった。左側に写っている植物には茎がない。一方、右側に写っている植物から上に伸びる茎が、写真のふちでカットされ、ぶつりと見切れているのも妙に据わりが悪い。

「もしさあ、これ特定できたらさあ、今宮さん」「コレクションの中からあれを格安で譲ろうかと」

玲二と省吾の言葉に、今宮の目が急に真剣味を帯びる。

「……ローライドスコープ？」

「そう例のローライドスコープ」

長年ファンだった女優を目の前にした人のように、今宮がものすごくときめいている様子がわかって、来夏は正直引いた。

「そのローライドスコープっていうのは何ですか。あのローライとも関係あるんですか」

割り込んだ来夏の言葉に玲二が頷く。来夏も、おしゃれ学生さんなんかに比較的よく売れていく、二眼レフのローライフレックスとかローライコードについては知っていた。箱型でレンズが縦に二つ並んでいる、レトロなものだ。

「ローライドスコープは三つのレンズが横に並んでいるステレオカメラなんです。そしてそのローライドスコープをベースに、それを縦にして、一つレンズを外してできたのがローライフレックス。だからローライドスコープは、ローライフレックスのみならず、二眼レフカメラすべての元となったという歴史のあるものなんですよ」今宮は小声で付け加えた。「絶対欲しい」

今宮が来夏の顔を見て同意を求めるように一つ頷いてみせたが、来夏は天井を見て首を傾げた。

「そういうわけで、この女の人たちを一緒に探してくれたら本当に助かるよ。何かわかったらいつでも連絡してくれたらいいし。もし何か経費がかかるようなら何でも請求してくれたらいいし」

そう言い残して小林兄弟は帰っていった。

「あんなに状態のいいローライドスコープは少ないんだよなー、欲しいな。欲しい」

ぶつぶつ言っている今宮を横目に、来夏は洗い物に立った。

それからというもの、来る日も来る日も今宮は熱心に写真を眺めたり、実際ウェブにアップされたページを見つめたりして過ごした。髪もいつもよりいっそう見苦しくなる。

「今宮さん髪をまとめないんですか」

「いいんですよ面倒くさい。作業する時だけでいいです」と、欠伸《あくび》をする。

「何かわかりましたか」

「いや全然」

「もう絶対わからないと思います。あきらめたらいかがですか」

「新たにわかったことは、この写真がちょっと台形なこと。ほんの零コンマ数ミリだから、見た目ではほとんどわからないですが」

「台形だと、どうなんですか」

「この画像は、女の人二人の写真があって、それをまた斜めから撮ったものかと。四角を斜めから撮ると台形になりますよね。それから画像ソフトで、形を台形から、もとの四角に修正して、ウェブにアップした可能性が高いということです」

「正面から撮ればいいのに、なんでわざわざ斜めから」

「正面から撮れなかった理由があるんだと思います。普通写真の額には、アクリル板かガラス板がはめられているでしょ。あれを真正面から撮ろうとすれば、光や写してる自分が写り込んでしまうんです。だから、四十五度くらいからの角度で撮って、後で画像ソフトで修正したと考えられます。あまりいいやり方じゃない。本当ならアクリル板なんかを外して撮影するか、ライトを二カ所くらいから当てて、撮影者も黒い布からレンズだけを出して撮ったりするものですが」

「じゃあ、ふたりの女の人の写真の額がどこかに飾られてあって、その額を斜めから素人が撮って、修正してからウェブにあげたということですか」

来夏にはちょっと不自然に思えた。せっかく自分で撮った大切な写真をウェブにあげるんだったら、そういうゆがみが出そうなやり方を選ぶかなあと思った。写真そのものをスキャナーで取り込んだほうがもっと簡単だろうということも容易に思いつく。

「あ、この服が手作りっていうこともわかったんです。商店街で、服飾専門の人のつてを当たって聞いてみたら、これは既製品ではないだろうと。でもわかったのは、同じ服を着ているってこと」

「同じ服って、見ればわかりますけど」

「違います。同じ服っていうのは、一枚の服をこのふたりが着ているってことです、ほらここ。右の写真は裾の一部が少しだけ引きつれているでしょ、そして左の写真でもそう」

確かに、裾のある一部のフリルだけが同じように引きつれている。

「どういうことですか」

「よくわからない」

来夏にもよくわからなかった。まず写真の一枚を双子の姉が撮る。そしてそこですぐ服を脱ぎ、双子の妹へ手渡す。双子の妹はそこで服を着て……

「どうしてそんなことをしたんでしょう。服が一枚しかなくて、どうしてもこの服で撮りたかったとか」

そうは言っても、なんの変哲もないどこにでもあるようなワンピースだ。高価そうにも見えない。

「じゃあこのアロエみたいな植物についてはどうですか」

「植物ねえ、俺はこの写真の主題は植物にまったく関係ないと思うんです。だってこれだけポーズも構図も似せておきながら、植物だけは別ものだとはっきりわかるくらいだから。右の写真は茎が伸びてて、左の写真には茎がないなんて詰めが甘いなと」

来夏は何かがひっかかっていた。なぜかはわからないが、植物に何かの鍵があるような気がするのだ。

「でも待てよ、なんで撮るとき同じ株の前で撮らなかったんだろう。そうすれば完璧なステレオ写真っぽく見せられただろうに」

これと似たものを、どこかで見たような気がする……。来夏は考えを巡らせているうちに、矢敷の店先にあったアロエを思い出した。大きさも種類も違うようだけれど、どこか雰囲気が似ている。

「わたし、ちょっと聞いてきます」

来夏が立ち上がる。

「聞いてきますって誰に」

「枝豆屋の矢敷さん」

今宮が慌てて止める。

「聞いても無駄だと思いますよ。だって名前からして枝豆屋ですからね。好物の」

「ローライドスコープ欲しくないんですか」

「それは……まあそうですが」

今宮が不機嫌そうに言う。

「どうせわからないって言うだろうから、そうやって言われたら、〝この無能の枝豆野郎め〟ってなじってやったらいいと思いますよ。あ、なじるのもなんか喜ぶかもしれないから、ものすごく冷たい目して無言で帰ってきてください」と無茶を言うので、はいはいと言いながら来夏は店の外に出た。

花と立ち飲みの店、枝豆屋は繁盛していた。こっちで仏花を売っておばあさんの話し相手になってやり、そっちのテーブルにはソルティードッグとムール貝の缶詰を出して軽口をたたいたりと忙しい。来夏は、今宮写真機店でも野菜や米などを売り出したらもっと客が来るのかもしれない、と思ったりした。

タイミングを見計らって矢敷に声をかける。

「ちょっと見ていただきたいものがあるんですが、お時間大丈夫ですか」

「来夏ちゃんの頼みなら聞いちゃうよ、何何？」

「このアロエみたいなのってやっぱりアロエの仲間でしょうか」

来夏が写真を指さした。

「誰この子可愛い、俺に紹介してくれる感じ？」

「いえ、どこの誰かもわからないんです」

そう言うと明らかに興味の大半を失ったようだった。

「で何の話だっけ、この背景のやつ？　これはねえ――」

少しの間があった。

「リュウゼツランだね。アオノリュウゼツラン。漢字で言うと、竜の舌の蘭だけど、蘭の仲間からは遠くて、多肉植物系」

「もしかして天然記念物とか、そういう珍しい感じのものでしょうか」

「いや別に。うちにもあるよ。ちょっと種類が違うけど。うちではアガベって名前で売ってる。六百九十円、来夏ちゃんどう、インテリアに」

矢敷は店の隅にある鉢を指さした。その鉢には見覚えがあった。来夏がアロエだと思っていたものは別の種類だったらしい。すっと伸びる棘《とげ》と硬質の葉が美しい。

「種類にもよるけど、露地植えにすると、写真の感じみたいに、ばかでかくなるから注意が必要かな。鉢ごと地面に植えたらいいよ」

「そうですか、ありがとうございました」

何かわかるかと思ったが、やはり手がかりにはなりそうもなかった。

「あ、ちょっと待って。その写真もう一度見せて」

矢敷が写真を手に取った。写真の切れている一部を指さす。

「これ、花茎だね」

「カケイ?　カケイって何ですか」

「花のついた茎だよ」

言いながら別の鉢を出してきた。それは来夏もよく知っているタイプのアロエだった。アロエの茎の所から一本、細長い茎のようなものが、すっと上に伸びている。

「ほら今このアロエにもあるでしょ、こんな感じですっと上に伸びて花が咲くんだ」

「そうですか……」

「リュウゼツランは、センチュリープラントって言うんだけどね、英語で。なんでセンチュリーって言うかというとさ、花が咲くのが五十年に一度くらいだからなんだよ」

「五十年に一度ですか?」

「そう、でも日本の気候だったらもう少し短くて、三十年くらいで咲く株もある。で、花が咲いたら枯れちゃうの。横に子株は芽吹いてるけどね、親株は枯れちゃうんだ。花が咲くのは珍しいし、形も変わってるから、咲いたらよくローカルニュースやなんかで取り上げられてるよ」

　そこまで聞いて来夏ははっとした。

「ありがとうございました！」慌てて帰る来夏の背後に「え、何、いきなりどうしたの」という矢敷の声が聞こえる。


　ガラッ、と勢いよく扉を鳴らして店に入ってきた来夏に、今宮は驚いて顔を上げた。

「今宮さん、これならもしかして見つけられるかもしれません」

　来夏はパソコンで、今宮はスマホで、ありとあらゆるリュウゼツラン開花のニュースを検索し、似た背景のものがないか一件一件探すことにした。

　出てきた画像に来夏は驚いた。花と聞いていたので、もっと可憐な百合のような花を思い浮かべていたのだが、検索した画像はどれも、葉から茎を五メートルほど真上に伸ばし、一本松のような堂々たる風格だった。花自体も豪快で、一本松なら緑の葉の部分全体が、密集する黄色い花に成り代わったようななりをしている。なるほど、これはニュースになれば映像的に映えるに違いない。

　来夏には見当がついた。この珍しい花を背景に、双子は記念写真を撮ったのだと。そうすれば、写真に理由がつく。と、そこまで思って来夏はある不自然さに気づいた。どうして写真の花の部分を切ってしまったのかということだ。記念写真にするのであれば、せっかく五十年に一度なんて珍しい花が写っているのだから、切らずにそのままで鑑賞すればいいのに。そして、どうして双子のうち片方は花のある株の前、片方は花のない株の前で写したのだろうということも気になる。二人して服を取り替えて写すくらいなら、花のあるほうへ少し移動して撮ればいいものを。

疑問を今宮にぶつけてみると、「俺も気になってました。この写真、やっぱり何かおかしいですよね」と言っては、またパソコンの画面に向かう。客が来れば応対するが、それ以外の時間は二人とも無言で検索する作業に没頭した。

疲れて、眼を閉じると、瞼《まぶた》の裏に白い光の粒が集まったり散ったりした。ふと顔を上げると、今宮も同じように眼をしばしばさせている。辺りはもう暗くなりつつあった。

「一応つてのある写真クラブとか、写真サロンにも声をかけて、リュウゼツランの花を撮った人がいないか今、聞いてみてもらってるところなんですよ」

「写真クラブですか。いったい何でまた。アマチュアの方のクラブですよね？」

来夏には不思議な気がした。

「やっぱり人間、カメラを持つと、珍しいものがあれば撮って残したくなるのが人情じゃないですか。写真好きなら、誰かが必ず撮ってそうな気がします。なので、あの写真の女性の顔にはモザイクをかけて、この写真のリュウゼツランを知っている方がいれば情報を、と各クラブのリーダーの方にメールを送りました」

今宮が外を見る。来夏もその視線の先を追うと、もうすっかり日が暮れていた。

今宮が外にある、裸電球の明かりをつけようとしたのか、立ち上がる。

「さ、来夏さんはもう上がっていいですよ」

その時パソコンが明るい音を響かせた。メールが来たようだ。

今宮がメールを開くなり、来夏を手招きする。

「何ですか、何か情報が」

「同じリュウゼツランを撮った写真があったそうです」

来夏はその写真を見て、息を吸い込んだ。メールで送られてきた写真は、双子の白黒写真よりも後ろに引いて撮っており、白黒ではなくカラー写真だった。双子の白黒写真とまったく同じ、コンクリート壁を背景にしていて、リュウゼツランの花茎、葉の形もほぼ同じだ。こちらのほうの写真では、広い敷地に一株だけのリュウゼツランが、太い茎を青い空高く伸ばし、黄色い花をみっしりとつけている様子がよくわかる。

「ええと、この写真のタイトルに、〝喫茶店の裏庭にてリュウゼツラン開花を撮る〟、とあります。間違いないと思います」

「やった！　これわたしけっこう役立ちましたよね」

「お手柄ですよ、何かおごりましょう」

と言う今宮の声のトーンが急に下がった。

「あ、でも、これ……二十一年前の写真だそうだ」

すぐに小林兄弟を呼び出したということなので、来夏も小林兄弟が来るまで待つことにした。

「あれ」カラー写真を見ながら今宮が声を上げる。「これ、何で敷地に一株だけなんだ。双子に一株ずつだから、二株ないとおかしいはず」

来夏もそれに気づいた。写真ではリュウゼツランは広い敷地に一株だけなのだ。あと一株、花茎がないほうの株はどこへ行った？

「もう一枚は、花が完全に枯れた後に撮ったんでしょうか」

「それなら影の方向がもう少し動いててもおかしくない。影の方向はぴたりと一致しています。長さも」

「別の位置に移動して……いや、背景のコンクリート壁は同じだから、位置は二株ともここで間違いないですよね。ええと、じゃあ、双子の姉が一枚写真を撮った後、妹の二枚目は花を切り落として写したとか」

「ニュースになるほど貴重なものなのに？」

ますます話がややこしくなる。二人で考え込んでいると、小林兄弟が早足でやってきた。

「見つかったって本当？」「僕、信じてたよ今宮さんを！」

嬉しそうな二人に真実を告げるときがやってきた。

「二十一年前か……なら、当時彼女たちが二十五歳だとして、今は四十六歳前後」

小林兄弟は見ているこちらが気の毒になるほど、がっくりと肩を落とした。

「いや、僕たちももう三十四。十歳上だと考えると行けないこともない、きっと今でも美熟女のはず！」「そうだきっと美しい年のとり方をしているはず！」と二人で声を上げ、ふうとため息をついた。

「どうしますか、直接この喫茶店にいらっしゃいますか。静岡県にある喫茶店の裏庭だそうです。場所は車でなら高速で三時間ほどですから、日帰りで行けなくはないですね。多分、いきなりの電話では怪しまれて、話してもらえないかもしれないので、直接行かれるのがいいと思いますが」

玲二が店のカレンダーを見て、あ、と声を上げた。

「そうだ今宮さん。明日は第三月曜で明後日は火曜だよね」

「店は連休でしょ。よかったら僕たちと一緒に行かない？　来夏さんも一緒に。僕たち車出すし。一生懸命探してくれたんだから、自分の目で本当のところを知りたいでしょ。それに女の子が一人いたほうが、何かと怪しまれないような気がする」

来夏も面白そうだと思い頷いた。「かまいませんかご一緒しても」

隣で今宮も、「わかりました。行きます」と言った。


待ち合わせ場所は写真機店の前だった。次の日の朝、車で迎えにきた小林兄弟は、いつもより少し上質なシャツと色違いのジャケットで決めており、意気込みを感じる。今宮はまだ出てきておらず、来夏が「一階から声をかけてみましょうか」と店の合い鍵を取り出したら、今宮がちょうど出てきた。髪が寝癖なのか、右方向からの突風に吹かれた人みたいになっている。朝にはとことん弱いらしい。

「今宮さん右を下にして寝たんですね」

「何でわかったんですか」と、いつもよりいっそう不明瞭な声で言って髪をなでつけ、「おはようございます小林さん」とぺこりと頭を下げた。

車内は広く快適だった。今宮と来夏は後部座席に微妙な距離をあけて乗った。

車は高速道路を快適なスピードで走り、途中お茶休憩などを挟みながら、ランチのピークを外した二時くらいに到着する運びとなった。

「着きました」車が駐車場に滑り込んだのは二時を少し過ぎたくらいだった。駐車場には車がほとんどない。

昔ながらの三角屋根の喫茶店で、店の名前は「ヤマビコ」と言った。

平日の二時ごろという、客の数が読めぬ時間帯だったが、来夏たちは一応、ただの客として入り、裏庭を確認することにした。写真の場所が間違いないとなったら、写真を出し、この女の人のことをどなたか知りませんか、と店の人に聞いてみるというのが計画だった。

入るとランチ時間帯から残っているらしい客が、各々新聞などを読みながらリラックスしていた。コーヒーの香りが薄く漂っている。きっと銀皿のナポリタンなんかが似合うであろう、古く懐かしい内装だ。来夏たちは裏庭が見える一番奥の席へ行く。

裏庭は、もう嫌というほど眺めつくしたあの写真の、庭そのものだった。他の植物がまったくない中、コンクリートの壁を背景にして、リュウゼツラン一株だけが灰色の混じったような緑色の葉を四方に伸ばしている。実際眼にすると、その大きさと迫力は想像を超えていた。何かのオブジェのようだった。一枚の葉の大きさが、来夏の頭からつま先ほどもありそうだ。竜の舌、というのも頷ける大きさだった。

注文を取りに来た店主らしき男に、注文しがてら、リュウゼツランのことを聞いてみる。

聞くのは来夏の役目だ。

「あの、妙なことを伺いますが、あのリュウゼツラン、二十年ほど前お花が咲いたということで、ニュースになりませんでしたか」

「ああ」店主らしき男は頬をゆるめた。「そうなんですよ、すごい花が咲いて、テレビもラジオも新聞も来ました。お客さんもいっぱい来たなあ」

懐かしげに外のリュウゼツランを見やる。

来夏はこのタイミングを逃すまいと言葉をつづけた。

「それで、あの、この写真の方をご存じかな、と思いまして。これ、インターネットにあった写真なんですが」

店主は写真に目を落とし、大きく頷くと「おーい、佳乃《よしの》」と厨房内に声をかけた。

「はーい」と声がして、一人のエプロン姿の女性が出てきたのだが、来夏はあまりに驚きすぎて声も出なかった。

二十一年前と同じ姿の女性がこちらへ歩いてくる。

「奇跡だ……」という玲二の呟きが聞こえ、兄弟が音を立てて同時に椅子から立ち上がる。

佳乃は自分のほうへ迫り来る、同じ顔、色違いの同じ服の男を交互に見、唇に愛想笑いの残骸を残したまま固まった。

「僕たちは、あなた方にお会いできることをどれだけ望んでいたか」

「同じ双子としてお会いできて光栄です」

「ステレオ写真お好きなんですよね」

「お姉さまですか妹さんですか」

口々に小林兄弟が言い募るので、佳乃は固まる。

「あの、姉って言われましても……どなたかとお間違いじゃないかと。私、一人っ子ですし」

何事かと他の客も注視している。

「でも、でもあのステレオ写真は」

佳乃は首を傾げた。

「すみません。ステレオ写真って何ですか」

小林兄弟が呆然と目を見合わせるのがわかった。

「この写真の女性の方を探していたんです」

今宮も立ち上がると、例の写真を示した。

「ああこの写真……」

「すみません、わたしたちはてっきり双子さんでは、と思って」

来夏がそう言うと、佳乃はくすりと笑った。

「やっぱりそんなに似てますか。これ、私と、私の母です」

来夏が固まる。

「え、ということは二十一年前の写真、花が咲いている時のこの写真は、お母さんなんですね」

佳乃は外のリュウゼツランを優しい目で眺めると、「そうです、母です」と言った。

「こちらにその額がありますよ」と、店のカウンターの脇を示す。そこには二枚並んだあの写真が壁に掛けられていた。

今宮は一番にそこへ見に行き、じっくり写真を眺めた後、「やはり生で拝見するともっとすばらしいですね」と呟いた。

「それにしても、こんなにそっくりでいらっしゃるなんて。今日はそのお母様はいらっしゃらないんですね」

来夏が何気なく言うと、佳乃は目を少し伏せて微笑した。

「母は亡くなりまして」

「……すみません」

来夏が黙る。

「母は、この写真が生前最後の写真になりました。私を産んだときに、お産で」

来夏ははっと気がついた。黒いワンピースは、すとんとしたラインで体の線が出ていなかった。ポーズでお腹に手をおいているのは、中に赤ちゃんがいると知っていたからなんだと。

「この写真を撮ったとき、母は、次にこの子株のリュウゼツランが咲くときには、きっと孫もいるころねって笑ってたそうです。私はずっと大事に、このリュウゼツランの花と、母が写る写真を持っていました。ちょっと待っててください」

そう言うと佳乃はスマホの画面を見せた。

「これがその元の写真です」

真四角の構図に立つ母親の姿。

「きっかけは、離れにある自宅をリフォームしたときに、この写真の、白黒のネガが出てきたことです」

父親である店主が「せっかくなので、ちょっと離れの方から取ってきます」と、その場を離れた。佳乃も隣のテーブルから、椅子を一客取ってきて腰をおろす。

「ネガは安定して保管がしやすいです。むしろ写真よりも。しかしこの湿気の多い日本で、カビなど生えずに本当になによりでした」と今宮が言った。

「ええ、桐《きり》ダンスの中の桐箱に納められたまま、長いこと忘れられていて」と佳乃が答える。

「二十歳を超えたあたりから、私は本当に母に似てきた、母に生き写しだねっていろんな人に言われるようになって。母と私、っていっても、まだ私はお腹の中ですけど、二人で写っているのはその写真一枚しか残ってないんです。でも、皆に似てるって言われるのはなんだか嬉しいです。会ったこともない母だけど、強いつながりを感じるような気がします」

佳乃は続ける。

「で、そのネガを劣化しないようにCDに焼いてもらった後、もう一度写真にも焼いてもらおうと思って、何気なくプリントを頼んだんですよ。そうしたら、もう二十一年も前のフィルムなのに、すぐこの前撮ったような鮮やかな写真が上がってきて、びっくりしました」

佳乃は笑う。

「それで、その写真を見ているうちに、ちょうど私もその写真の母の年と同じなんだなあってことに気づいて。で、思ったんです。この写真を正確に再現してみたら面白いかなって。母のその黒ワンピースと靴は大切に取ってありましたし、髪型も同じ、メイクも同じにして、同じ日の同じ時間帯、母と同じポーズで、同じカメラとフィルムで撮ろうと。撮るカメラの位置も同じです、あの石の上に三脚を立てて」

「でも、リュウゼツランの花は咲いていなかった、というわけですね」

今宮の言葉に、佳乃は驚いたように頷いた。「そうなんですよ、そこは困っちゃって。花が咲いていたら完璧だったんですが、なかなか花が咲かない植物みたいで。だから、背景は花が咲いていないもので我慢しました。今の庭にあるリュウゼツラン、枯れた親株から元気に育った子株なんですよ」

枯れた親株から元気に育った子株、という言葉に、来夏は目の前のこの美しい娘さんを見つめた。母親は、どんなにか成長した姿を見たかっただろうか、とも。

「撮影者は父です。桐箱にはカメラも入っていて、本当に久しぶりにカメラを出したって笑ってました」

店主である父親が、桐箱を抱えてくる。中からカメラが現れたのを見て、今宮はポケットから髪ゴムを出し、髪を一つにまとめると縛った。

出てきたカメラは、四角い箱にレンズがそのままついたような、不思議な形をしていた。

「おお、ゼンザブロニカS2。写真がお好きなんですね」

今宮が嬉しげに言うと、店主は照れた。

「いやお恥ずかしい、いろいろ忙しくてカメラのことをすっかり失念していましてね。久しぶりに出したと思ったら、もう二十年以上も経っていました。カメラには本当にかわいそうなことをしました。でも、二十年間触りもしなかったのに、ちゃんと写ったのが、主人をずっと待ち続けていた犬のようで本当に可愛くてね。これからまた、写真を始めようかとも思ってるんです」

店主はさらっと言ったが、これから赤ちゃんを夫婦で育てていこうと思っていた矢先に、突然妻を喪ったという事実の重みを感じる。好きだったカメラの存在すら忘れていた、というその二十年を思い、来夏はしんとした気持ちになった。

「二十年も放置していたので、中がどこか傷んでいないか心配ですよ。錆《さび》とかも」

「失礼ですが、私、中古カメラ屋でカメラの修理などをやっておりまして、そういうことでしたら、よろしければ今簡単に見せていただければと思いますが」

今宮が言うと、「ああそれはちょうどよかった、いつか専門店に見せに行かなくてはならんと思っていたところなんですよ。ついつい後回しに」とカメラを今宮に手渡す。

今宮はカメラの裏蓋を開け、レンズを光の方向に向けて覗いたり、レンズ右下のボタンを押しシャッターを何度も切ったりした。そのつど音が響くのだが、その音は店の客が何事かと振り返るくらい大きい。堅実な機械の響きだ。

「すごいなあ、保存状態がよかったこともありますが、本当に現役ですね。奇跡みたいだ」

来夏にもカメラを示した。

「このゼンザブロニカは創業者の名前が善三郎《ぜんざぶろう》さんといって、カメラをとにかく愛する人で。自分の理想のカメラを追い求めて、当時の最高の技術に加えて、二億円という私財を投じて作った夢のカメラなんですよ。カメラ自体はもう作られてはいないんですが、今は善三郎さんの息子さんがカメラ修理会社の社長を務めています。お父さんが愛と情熱を込めて作ったカメラを、息子さんの会社が今でも責任をもって直す、っていうのは素敵なことだと思います」

来夏は思う。このカメラが、機械式のフィルムカメラであったからこそ、二枚の写真が時間を超え、ステレオ写真と見間違われるだけの撮影ができたのだと。

「巻き上げ部のディファレンシャルギアの部分の動作にわずかな不安がある感じですが、その部品は善三郎さんの息子さんがやってるイストテクニカルサービスさんで交換修理もできますし、オーバーホールもやってらしたと思います。これでもう、今後もずっと安心です」

来夏は、ここでぜひ私のところへ修理を、と言わないのが今宮の弱いところでもあり、いいところだとも思った。

「こちらがネガです」と店主が出してきたものは、来夏が考えていたものと違っていた。一回り、いや二回りも大きい。

「大きいですね」

「中判ですから」今宮が言う。「6×6センチ判の真四角。ネガ自体が大きいから、引き延ばしてもこんなに美しく写ります」

今宮は押し頂くように両手を出し、そのネガを見ると、丁寧にまた戻した。

「貴重なものをありがとうございました」

今宮が頭を下げる。

「でも、ウェブに投稿したのはどなただったんでしょう」

来夏がふと呟いた。

「よくわかりませんが、お客さんの中のどなたかが、私たちの写真を気に入ってくださったんじゃないかなと思います」

佳乃が言い、「あ」と、思いついたように続けた。「ところで、さっきステレオっておっしゃってましたが、ステレオ写真って何ですか」

「ステレオ写真というのは――」

と、小林兄弟が身を乗り出して説明をする、その声を聞きながら、いつしか来夏は庭のリュウゼツランに見入っていた。

永遠なものなど何もない。でも、その流れていく時の一瞬をずっと忘れないために、人は写真を撮るのだろうと思った。

佳乃が、小林兄弟の持ってきた秘蔵のアルバムのステレオ写真を見ながら声を上げる。すぐコツを覚えたようだ。

「本当に立体に見えるんですね、面白いです」

夢中になってアルバムを覗いている。

「今日はまったくの誤解で押し掛けてしまって失礼しました。ステレオ写真とはまったく関係なかったんですね。どうりで大きさの規格も違ったわけだ」

言いながら玲二が頭をかいた。

「てっきりステレオカメラ愛好家の双子が、他にもいるって思いこんでしまって。僕たちの早とちりだったなあ」

省吾も照れ笑いをする。

佳乃はふと、壁の額を見上げた。

「あの、もしかしてこの写真も立体で見ることはできないですかね。ステレオ写真に似ているし」

「そうですね……」

省吾がちょっと難しい顔をした。レンズの位置の差によって、脳に立体像を描くのがステレオ写真なのだから、似ているとはいっても、そのことが考慮されていない写真ならば、立体視はたぶん難しいだろうと知っているのだ。

でもそのことは言えないのだろう。

「僕にはちょっとわかりません」と口を濁す。「でも見えたらいいと思います」

その言葉には祈りのようなものを感じた。

佳乃が額の前に立って視点をずらし、少し前に出たり後ろに下がったりして神妙な顔をする。

　来夏も祈る。見えたらいいと。店は今、しんと静まり返っていた。

「あ」

　佳乃が小さく声を上げて固まった。

　そのまま動かない。

「お父さん来て」

　写真から目を離さぬまま、手招きする。

「ここに立って、ほら、お母さんがいるみたい、お母さん、ここに立って笑ってるみたいよ、ねえほら」

　店主も額の前に立った。


　帰りの車の中で来夏が言う。

「小林さん、ステレオカメラマニアの美人双子じゃなくて残念でしたね」

「いいよ、まあそれはそれで残念だけど、ここに来られて良かったよ」「僕も」

　玲二と省吾が言った。

「綺麗だったなあ佳乃さん」「な」

　来夏は後部座席から、まっすぐに延びる高速道路の先を見る。皆それぞれいろいろなことを考えているようだった。夕飯は小林兄弟のおごりの海鮮づくしだった。

すっかり日の暮れた道を車が走る。軽いいびきが聞こえると思ったら、助手席の玲二が眠りに落ちたらしい。

ああ、寝ちゃったんだ、と思った時、来夏の肩の上に今宮の頭が寄りかかってきた。今宮は遠出ですっかり気疲れしたのか、規則的な寝息をたて、完全に寝ているようだった。今宮の小指と自分の小指が触れそうで触れない位置にある。

「あ、今宮さんも寝ちゃったんだ」

バックミラー越しに省吾が言う。

「来夏さん、今宮さんとどうなの」

小声で言ってくる。

「どうなのって……」

「いや、今宮さんが女の子のバイトなんて絶対ないと思ってたから、僕たちも意外でさ。これはもしやと思ったんだけど。なぜかトイカメラの棚まで増えてるし」

どうしてバイトをするようになったのか話をすると、省吾は「へえ。今宮さん三十四年分の幸運に恵まれたなあ」と、バックミラー越しににやりとした。

「もう付き合っちゃえばいいのに。来夏さん、今、彼氏いないんでしょ。似合うよ、二人。すごくいい雰囲気だし」

そういうわけにもいかなくて、という言葉を飲み込む。

「寝顔可愛いね意外に」

「遊び疲れて寝ちゃうなんて、子供みたいですね」

肩と頰にわさわさちくちくする髪の感触と、今宮の重みと体温とを感じながら、それでも起こさぬように来夏はそのままの姿勢を保った。

本当のことがみんな明らかになってしまえば、今宮も自分も、きっと今のようにはいられない。そんな日がずっと来なければいいと思った。


水曜日、出勤すると、「ねえちょっとちょっと」とまた団子屋のおばあさんに声をかけられる。

「まあ団子でも食べていきなよ、まだバイトの時間には少し早いだろ、ほら」

「ありがとうございます。いただきます」

おばあさんの茶々は厄介だけど、やはりここの団子はお茶とよく合って美味しい。

おばあさんは、じっと今宮写真機店のほうを眺めていた。

「あの子、朝はとにかく弱いだろ。いつもは九時ごろぼーっと起きて来るんだよ」

何の話だろう、と思って黙って聞いている。

「ある朝さ、見たら五時ごろもう起きてんだ。たまげたね。どうやら早く目が覚めちまったらしくて、眠れなくて困ったのか知らねえけどさ、この通りの端から端まで道を掃除し出した。写真機店の窓とか引き戸とか拭いたりしてよ。珍しいこともあるもんだなあって」

とりあえず頷いておく。

「それからずっとそわそわそわそわして道に出て腕組みして店を外から見たりして。中に入ってちょっと棚の配置を変えたりして、また道に出て店を見たりしてさ。なんだようと思って、じっと見てたら、あんたが店に来た。最初の日だ」

来夏は俯いた。

「自分が手を触れることで、大事なカメラが壊れて二度と戻らなくなるかもしれないっていう、修理の怖さはあの子自身、一番よくわかってるだろうよ。大切であれば大切であるほど、下手に触れらんない」

来夏は靴の先にある石ころをただ見つめていた。

「無理に応えてやれとは言わねえ。でも、あの子の真心を裏切るようなことだけはやめてやってくんないかなあ」

来夏は俯いたままで呟いた。「ええ。わかってます」

会釈して店に向かった。年の功で何かを敏感に察したのかもしれないな、と思う。いつまでもこうしてはいられないということも。

店に着くと、今宮が明らかに嬉しそうな顔をしていた。

「まだかなまだかな、二時までに届くらしいんだけど」

約束のローライドスコープが届くらしい。

「早く来たらいいですね」

店の外に出て掃除をしていると、店の前に配送のトラックが止まった。今宮が立ち上がって、店の外まで丁重に出迎えに行くのがわかって、本当に子供みたいだなあと思う。

掃除の合間に見ていると、近づけたり遠ざけたり、覗き込んだり、シャッターを押して音を聞いてみたり、こんな幸せはないというような顔をしていた。来夏が掃除を終えて店に入ったのにも気づかないくらいだった。

「今宮さん、貸し暗室の予約の件なんですが」

声をかけてみるが、ファインダーを覗いたまま無言だ。

「あの、話、聞いてますか」

え、うん、とファインダーを覗きながら、これ以上の生返事はないという感じの返事が返ってきて来夏はため息をついた。「もういいです」

「で、何ですか、暗室の話？」

「いいですよもう」

ムッとする来夏に向かって、今宮がローライドスコープのシャッターを切る。来夏は舌を出してみたり、頬をフグみたいに膨らませてみたりした。そのたびにシャッター音が鳴る。

ふと気になって来夏が「フィルムは入ってませんよね」と言う。

「もちろん入ってますよ」今宮が笑う。「変顔」「しかも立体」

「ちょっと。もう……そのフィルムください！　くださいよ」

カメラを取ろうとする来夏の手を避けて、今宮がカメラを持って逃げる。

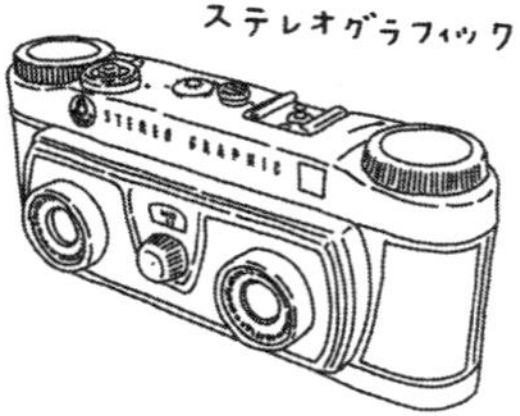

第七章　あなたを忘れるその日まで

息が白くなるほどよく冷えた冬の日だった。来夏はミトンを口に当てて指先を温める。焼き立てアップルパイを待っているらしき人の列からも、白い息があがっていた。レトロな美容室のガラスも、ぶどうパンのお店のガラスも白く曇っている。

店に入るなり、「外、そんなに寒かったんですか」と今宮が少し笑う。「ほっぺたが赤くなってますよ。田舎の子供みたい」

苦笑しながらミトンと毛糸の帽子とマフラーを外して、コートも脱いだ。裏に置きに行く。

「はいコーヒーどうぞ」

「来て早々お茶休憩だなんて」

笑って言いながらマグカップを手で包み込むと、指先にじわりと血が巡って気持ちがほぐれた。「ありがとうございます。いただきます」

コーヒーを飲むと、お腹の中に明かりが灯ったようになった。それから来夏は棚の掃除を始め、今宮は工房へと入った。静かに繰り返されてきた、今宮写真機店の日常だった。

しばらくして、がら、と扉が鳴って誰かお客が入ってくる。耳にスマホを当てたままだ。

「いらっしゃいませ」と控えめに言うと、男はスマホで誰かと早口でしゃべりながら、合間に「あ、今宮いる？」と聞いてきた。

　男を見れば、某有名ブランドのロゴが全部の持ち物に入っていて驚く。メガネのつる、マフラー、手袋、手に持ったスマホのカバー、靴の紐《ひも》にまでロゴが入っているのを見て、こんなものにもブランドものがあるのかと、妙に感心してしまった。今宮を工房に呼びに行く。

「ああ、瀬暮《せぐれ》さん」

　ようやく瀬暮はスマホを切った。

「今宮、久しぶり。どう店、順調？　アルバイトの子まで入れてさ」

　まあまあです、と笑った後、今宮が来夏に言う。「地元の先輩なんです」

「いやさあ、今、ライカを探しててさ」

　自分のことではないとわかっていても、名を呼ばれるとちょっとどきりとする。

「瀬暮さんがクラシックカメラなんて珍しいですね。どうしてライカを」

「いや、俺のじゃないよ。親父の還暦のプレゼントにさ、ライカを買わなくちゃと思ってるんだけど、何かいいのがないかなと思って」

「どんな感じでお探しですか」

「いかにもクラシックみたいなほうが好みらしい。新居の棚にインテリアとして飾りたいんだと」

今宮の表情がちょっと曇る。

「完動品じゃなくてもいいってことですね。置物なら、つてをあたって探しておきますよ。安く探せると思うし」

「いや、祝いが二日後だから。金に糸目はつけないからさ、見た目のいいのを探してるんだ。ライカってすぐわかるっぽいのがいいらしい」

「うちにあるのはオーバーホール済みなので、ちょっとお値段張りますよ」

「どのくらい」

今宮が瀬暮の耳元でごそごそ言う。

「なんだ。出せる出せる。それくらいなら。で、ライカでいいのある？」

今宮が抵抗する気持ちもわかると思った。今宮がどんなにカメラを愛して、一つ一つ綺麗にして整えて、次のお客さんの手に気持ち良く渡るように考えているか、来夏もこの一年あまり、店を手伝ってよくわかっていた。

今宮が何かの話のついでに言っていた言葉を思い出す。「カメラの修理は、腕がいいほど商売は傾くんじゃないかなと思うんですよ。だってなかなか次の修理をしに来ないから。でも、やっぱり持ち主に満足してほしいし、カメラだってそのほうが幸せだから、一生使えるようにするつもりでいつも直しています」

カメラというものは、人の一生のいろんな場面を切り取り、さまざまな物語を記録し続けてそこに在る、と来夏は思う。その中でも特にクラシックカメラは、前の持ち主が大切に使ってきたものが、次の持ち主にも引き継がれて、カメラとしての命を長らえていくものなのだ、ということも知った。人の人生よりもずっと長く。

遺品の買い取り先として、今宮写真機店が指定されたわけは、今ならわかるような気がしていた。

ホームページすらない小さなこの店、中古のクラシックカメラを扱う今宮写真機店の客は、本当にカメラを愛する人ばかりのように思えた。カメラを買って、宝物のように持って帰るときの目は、誰もが喜びに満ちていた。帰り道、包みを開けてすぐにでも撮りたいという顔だ。何を撮ろう。このカメラを持ってどこへ行こう、と。

棚にインテリアとして飾られるのも、カメラとしての一つの使われ方なのだろうけれど、ひどく傷んでしまえば、もう次の持ち主には渡らない。

瀬暮は棚を次々眺めていく。

「ないなあ。もっとさあ、こう、いかにもライカって感じで、見た目でも、ああ、クラシックカメラだなあ、おしゃれだなあ、みたいなさ」

好みに合ったものがないようで、来夏はほっとしていた。それは今宮も同じようだった。

「ちょっと同業者に連絡入れて、完動品じゃなくても、ライカでって探しておきますよ。明日で良ければ、それで」

瀬暮は工房にも入った。あちこちいじくり回しているようだった。

「あ！　これこれ、これだよ。こんなの探してたんだ。ばっちりだ。これいくら？」

瀬暮が摑んでいたものは――来夏の手放したライカⅢｆだった。どうしてこれが裏手にあったのか、どこにあったのか。

「あ、それはすみません。お売りできません」

今宮が硬い声で言う。

「売約済みなの？」

来夏の顔をちらりと見た後、今宮が慌てたように口を開く。

「いえ、そういうわけではないんですが。ちょっとした事情があって」

とっさに嘘が出てこないあたりが、今宮なんだろうと思う。

「いいよ、別に動かなくても。いくら」

今宮がすごい値段を口にした。そう言えばあきらめると思ったのだろう。

「おおう、なかなかの値段だな。まあ祝いだし、プレミア感があっていいかもな、じゃあその値段で頂くわ。現金は明日でいい？　取りに来るから」

「同じものがありますから、明日準備しておきますって。値段も十分の一程度だし」

「いいよいいよ面倒だろ？　この古び具合がちょうど気に入ったっていうか。まさにアンティーク感があってさ。じゃあ明日な」

帰りかけて、瀬暮が来夏に目を留める。まじまじと見つめられた。

「え？　あれ？　ちょっとごめん。もしかして狭山《さやま》さん？　ねえ、狭山さんだよね？」

来夏は早い瞬きを繰り返す。「いえ……」

「あ、ごめんごめん、すごく似てたから。失礼」

そう言うと瀬暮は帰って行った。

「今宮さん」

「売りませんよ。同じものを準備しますから」

「でも」

「いいから」

今宮がライカⅢｆを大切そうに抱えて防湿庫にしまった。

「俺、今からちょっと同業者のところ行ってきます。同じ感じのやつを、これですって見せたら、きっと納得してくれると思うし」

今宮がコートを着込んで出て行く背中を見送る。

来夏は、そのまましばらく考えていたが、店の鍵を締めて、近くの郵便局へ行った。ＡＴＭでお金を下ろし、お札の束を封筒に入れる。

鍵を開けて店に入る。店の中を見回す。もうすっかり、ここにいることに馴染《なじ》んでいた。家と図書館とスーパーの閉じた三角形の中から出て、新しいものに触れて、どんどん元気を取り戻し、変わっていく自分に、自身も驚きながらここまで来た。毎日行くところがあるというのは、幸せなことだったんだな、と思いながら。

工房の机に、お金の入った封筒と書き置きを残す。

――今宮さん、今までありがとうございました。こんな形で辞めることになって申し訳ありません。ライカⅢｆのお金はお支払いします。お釣りも、今月のアルバイト代も結構です。お世話になりました。

一緒にお仕事できて本当に楽しかったです。これ以上ここにいたら、わたしは、

ここまで書いて、これ以上、から後を塗りつぶす。

最後に店の中をきちんと整えて、軽く掃除をして、防湿庫からライカⅢｆを取り出した。

店の鍵を再び締める。振り返ると団子屋のおばあさんと目が合った。そのまま頭を深々と下げて、早足で駅に行く。自宅最寄りの駅に着いたら走っていた。多分今宮が帰るのはもう少し後になるだろう、書き置きに気付くまでに少し時間がかかるだろう。それまでに。

靴を玄関に散らばすように脱いで、旅行鞄を探す。中に着替えと通帳と実印と、要

りそうなものを全部放り込む。写真立てを手に取って、一番上にそっと置き、ライカⅢｆを隣に置いてジッパーを締めた。二階の雨戸を閉めて、ガスの元栓を締める。プラグもすべてコンセントから抜いた。電話線も抜く。これで多分大丈夫だろう。一階の雨戸も閉めると、部屋が暗くなった。とりあえず家を出ようと来夏は思った。今宮が自分の存在を忘れてしまうまで、そして自分が今宮のことを忘れるまでの、その間。

鍵を締めて、戸締まりが万全か指さし確認する。門から出て、駅のほうに向かおうとした時、背後でキキッとブレーキ音がして自転車が止まった。

今宮がいた。

自転車で一気に最短距離を来たのか、怖い顔をして、はあはあ息が上がっている。自転車を壁に立てかける。思わず逃げようとした、その手首を強く摑まれた。

「何ですか、あれ」

くせ毛の間から見下ろされる。

「……すみません」

今宮は逃げないようにか、来夏の手首を強く摑んだまま、へたへたと道にしゃがみこんだ。まだ肩で荒く息をついている。「良かった。間に合って……」

「今宮さんが、こんなに早く戻るなんて」

「団子屋のヨネさんから、今すぐ帰れ早く帰れって電話が来て。それで自転車借りて」

あのおばあさん、最後まで余計なことを、と思った。

「ここでは近所の目も気になりますので、家の中へどうぞ」

雨戸を開けると、お茶を淹れた。

「店は」

「締めてきました」

湯呑《の》みから湯気が立ち上るのを、二人してじっと眺める。

「申し訳ありませんでした。商品を勝手に持ち出して。代金を置いてきたとしても万引きと変わらないですね」

来夏は両手でライカⅢｆを包み込むように持った。柱時計の音が、こちこちと響いていた。

「わたしが手放した十二台のうち、最初に売れたのはライカＭ３でした。あの方、定年後の趣味にするんだって、すごく大切そうに持って帰って。生まれたばかりの子供を抱くみたいに」

来夏の言葉に、今宮が頷く。

「その次はコンタックスⅡａ。写真を勉強している学生さん。あんなに可愛らしい子に選ばれて、カメラも嬉しかっただろうと思います」

来夏は続けた。

「次はコダックシグネット35。デジカメからカメラにはまって、初めてのクラシックカメラに挑戦します、という若い会社員の方。それからも一台一台、ぽつぽつと売れていって」

今宮がためらいながら口を開いた。

「知ってました。手放したカメラを来夏さんが気にしていたこと。どんな人に売られていくのか、じっと観察してましたよね。メモにも書いてあったでしょう、どのカメラがいつ、どんな人に売れたかって、全部」

今宮はお茶を一口飲んだ。

手放した最後の一台が、どうしていつまでも棚に並ばないのだろうと気にはしていたけれど、いつしか、このまま何となく時が経てばいいと思うようになっていた。静かで、ゆったりとした時間の流れるあの店で、ずっと。いろんなことに気付かないふりをしながら。

「一台一台、大切そうに人の手に渡るカメラを見るのは、辛かったですけど、これでよかったんだな、と思えていました。最後の一台になるまでは」

来夏の、ライカⅢｆを握る手に力がこもった。

「面倒くさいですね、わたし。何をやっているんだろうって思います。いつまでも過去ばかりに囚われて」

「無理に忘れなくてもいいと思います」

今宮が静かに言う。

「そのライカⅢf。大切な思い出ですよね。旦那さんとの」

窓の外にざっと風が吹く音がした。

「どうしてそれを」

今宮はしばらく黙っていたが、口を開いた。

「最初の日。ここに初めて来た日。防湿庫の上の写真立てに、写真がありました。水平がとれていなくて微妙に傾いていて、ピンもちょっと甘くて」

「そんなに下手でしたか」

来夏は笑みを浮かべようとしたが、うまくできているかどうかは自信がなかった。

「いいえそれでもとてもいい写真です。撮る人と撮られる人の関係性の話は、この前したことがあると思うんですが、シャッターを押す人のことが本当に愛おしいと思っているのがわかる、いい写真でした。どんな名カメラマンだって敵わない。

Ⅲfの、このモデルには、セルフタイマーが付いていません。だから最初は、奥さんのほうを椅子に座らせて、ピントやら絞りを全部合わせて写真を撮って、それから交替したんだろうなと思っていました。奥さんはマニュアルカメラには不慣れだった。そして奥さんと旦那さんでは結構な身長差があった。だから、ピントが微妙に合わないまま写ってしまったんだろうと」

　今宮はお茶をもう一口飲むと、続けた。

「作業をしながら写真を見ているうちに、少しの違和感を覚えました。薬指の、結婚指輪の光沢です。腕時計と、カフスと比べてもひどく新しい。最初、指輪だけ研磨し直したばかりなのかもしれないと思いましたが、左手にパイプを持って笑っていらっしゃるのは、もしかして、パイプを吸おうとしているのではなくて、指輪が新品で、薬指にはめたばかりで、それについて話していたところを撮ったのでは、と」

　その通りなのだった。

「ピンが甘かろうが、水平じゃなかろうが、そんなことはどうでもよかったんですね。二人の記念の、大事な写真だったから」

「本当によく見てますね、いつも。今宮さんが、修理の基本は観察です、って言うのわかる気がします」

　まさか最初の最初からわかっていたとは思わなかったけれど。来夏はブラウスのボタンを二つ外すと、中から細いチェーンを引き出した。写真と同じ指輪が、静かに金色の光を放った。

「薬指にするのは辛くて。でも、手放せなくて」

　新婚旅行だったけれど、誰かに二人一緒の写真を撮ってもらうこともためらっていた。来夏がどんなに落ち着いた服装をしていたところで、二回り以上違う歳の差は隠せない。もう晴れて夫婦の間柄だから、後ろ暗いところは何もなかったのだけれど、詮索されることも、好奇の目で見られるのも嫌だった。だからお互いの写真を撮り合った。来夏は俯く。

「買い取りの日、これからカメラを梱包しようというとき、来夏さんが名残を惜しむみたいに、そのライカⅢfを持って、ファインダーを覗くところを見ました。やっぱりカメラが右に傾いていて。このまま、俺がぜんぶ買い取ってしまって、本当にいいのかなって、ずっと考えていました」

湯呑みの湯気はもうすっかり消えてしまっていた。

「俺、すみません。嘘ついてました。買い取り価格なんてもうとっくに計算できていました。あの日その場で渡そうと思ったら、すぐ渡せたのに」今宮の声は掠れていた。

「どうしても。このまま終わりにしたくなくて」

どう話そうかしばらく迷っていたが、静かに口を開いた。

「父を中学の時亡くしました。車に乗っているときに、居眠りしたトラックが正面から突っ込んできて。隣でだんだん動かなくなる父を見ながら、わたし、何もできませんでした。救急車が来るまでの時間が、永遠みたいでした」

言いながら無意識に右腕を押さえていた。父は一瞬の判断で、ハンドルを思いきり左に切ったということを後から知った。助手席をかばうように腕を伸ばして。

「善治郎さんは父の同級生で、父の昔からの親友です。その後のわたしを心配して、ずっと見守ってくれました」

たったひとりの家族を喪った来夏は、実の母親の所へ身を寄せることになった。生き別れのようになっていた母親とは、最後まで気持ちの折り合いはつかなかった。

「母親とも義理の父親ともうまくいかなくて。できるだけ遠くの高校を選んで受験しました。高校からは、アパートで独り暮らしをしていました」

管理するという名目で、父の遺産はすべて母親の管理下におかれ、もらえたのはぎりぎりの生活費だけだった。テキストや体操服を買うとたちまち足りなくなった。不足分を請求すると電話口で長々と嫌味を言われるので、来夏は削れる食費から削った。胃が小さくなったようであまり食欲もわかず、見切り品のパン一つくらいで、後はほとんど食べずに済ませた日も多かった。久しぶりに美味しいものでも食べに行こうか、と最寄りの駅で待ち合わせした善治郎は、来夏のこけた頬に触れ、愕然《がくぜん》とした顔をした。

このところ食欲がずっとないという来夏に、善治郎がありあわせの材料で作ってくれたリゾットはとてもおいしかった。今でも人生で一番おいしかったものはと問われると、あの日のリゾットを挙げる。ほんとうは、食べているうちにやたら塩味になってしまって、味なんてわからなくなってしまったのだけれど、やっぱりそれでもとてもおいしかった。

「わたしの暮らしぶりを心配した善治郎さんが、たびたび会いに来てくれるようになって。父の遺産を取り戻すためにも、いろいろ手をつくして動いてくれました」

来夏の気持ちを悟られてからは、父親を失った寂しさからの錯覚だ、と冷たく突き放されたりした。それでも生活は心配だったようで、代わりに家政婦をよこしてきたこともあった。

この世で来夏が欲しいのは善治郎だけだった。

「高校卒業の日に籍を入れて、これでやっと家族になれたと思いました。あんなに嬉しかった日はなかったです。誰も祝福してくれる人なんていませんでしたから、式は挙げませんでした。近所の神社に二人でお参りして。でもわたしは、善治郎さんの側にいられればそれで良かったです。誰の祝福も、何もいりませんでした」

来夏は手の中のライカⅢｆを見つめる。

「善治郎さんは――夫は、わたしのすべてでした」

カメラがテーブルに触れる、こつ、という微かな音が響いた。

「このカメラ、新婚旅行に持って行ったカメラなんです。善治郎さんが一番愛用していて。遺言通り、わたしじゃなくて、本当にカメラが大好きな人に、次、大切に使われるなら、それでもいいと思っていました。でも、急に怖くなって」

部屋は、今、しんと静まり返っていた。

「ひとつひとつ薄れていってしまうんです。どんな風に笑ってたか、どんな声だったか。どんな手をしていたか。みんな」

俯く。

「怖いです。とても」

今宮が何かを取り出す気配がしたが、顔は上げられなかった。

「来夏さん」

動けずにいた。

「来夏さん、見て」

顔を上げると、机の上にフィルムの箱があった。中からフィルムを取り出す。

「そのライカをください」

渡すとカメラを裏返して底を上にした。

「このタイプのライカは、フィルムは底から入れます。底蓋を開けるつまみはここで――」

説明を聞き、フィルムを少しカットした後、実際に手に持たされる。「そうじゃないです」「まだゆるい」「もう少し」「噛《か》んでません」と、何度も何度も教えられ、繰り返しているうちに、ようやく一人でもフィルムを入れられるようになってきた。

　どうして今カメラ講座みたいになっているのだろうと、ちらりと思いはしたが、手を動かし、新しいことを覚えて身体に染みこませていくうちに、波立っていた心が、だんだん静まってきたのがわかった。

「写す時は、まず何よりこのエルマーの沈胴式レンズ、中に入っていくタイプのレンズのことです。このレンズを引き出してロックすることを忘れないように、ってちょっとちゃんと聞いてますか来夏さん」

「だって、何かいきなりカメラ講座始まって、何で今。どうして今」

　なんだか急にすべての力が抜けてしまって、自分でも知らず知らずのうちに笑ってしまっていたらしい。

「いいから、このレンズを最後まで出しきった状態でロックすること。はい、やりましょう。ちゃんとやらないと全部ピンボケになりますよ。知りませんよ、フィルム一本全部ピンボケでも。あれ、ものすごくがっくり来るんですからね」

「はい」来夏が笑う。素敵な名言とか人生指南とか、そのへんのところは全部すっとばして、一生懸命カメラの説明をしているあたり、今宮らしいな、と思う。それでも今宮なりの、ちょっと変わった優しい気の遣い方に、いつしか和んでいた。

　たった一人で元気を取り戻したのだと思っていた。小さな店でずっと側にいて、すべてを知っていながら、ただの一言も触れず、静かに見守ってくれていた人がいたとも知らないで。

二つに分かれたファインダーの覗き方、二重像になったピントの合わせ方、ライカ初心者講座は続く。

「じゃあ最初から」の声でフィルム入れから、一人で絞りもシャッタースピードも全部合わせ、ライカⅢｆを「できました」と今宮に渡すと「よろしい。よくできました」と言われた。

今宮の目が少しだけ優しくなる。

「流れていく時の中で、変わらないものは何一つないと思います。でも今のこの瞬間は、写真の中でつなぎ止めることができますから」

今宮がカメラを構えて、レンズをこちらに向けた。

「で、最後に、シャッターは、こんな感じで、ぶれないように気をつけて」

チャッ、とシャッターが切れる音がした。

「今宮さんは、いつも何も言わないで、いきなりわたしを撮りますよね」

「でも。笑えてますよ、ちゃんと」

差し出されたカメラを受け取る。

カメラなんて、もう自分の人生にはなんの関係もないものだと思っていた。命が尽きると同時に、誰の記憶からも自分の存在など消えてしまえばいいと思っていた。残したい瞬間なんて何ひとつなかった。誰かに見せたい風景なんかも。撮りたい誰かも。

来夏はライカⅢｆを手に、今、シャッターを押してみたくなっている自分に気付く。

「結局、桜と、暗い空と、雪に関係することはわからずじまいでした。わたし、けっこうカメラのこと詳しくなったはずなんですけどね。何だったのかな……」

「詳しく聞いてもいいですか」

「いえ。何でもないんです。善治郎さんが亡くなるほんの前に言った、最後の言葉なんですよ。ありがとうって。うちの庭で、桜と、暗い空と、雪を、一緒に、っていうような言葉でした。もう意識も朦朧《もうろう》としていたみたいだし、何かの夢を見ていたのかもしれません」

ふっとため息をついた。

「でも、うち、見ての通り、庭に桜なんてないんです。季節も今ごろだったので、桜の季節とは違います。善治郎さんは、二十代で奥さんと別れてから、私と結婚するまで、他で恋愛みたいなことはあったらしいとは知っています。もしかして、善治郎さんが最後に思い出していたのは、わたしじゃなくて、別の人だったのかな、って」

言いながら、心の中に冷たい風が吹き込んでくるような気持ちになる。亡くなって何年も経つのに。

「そういうカメラがあったらいいな、あってほしいな、って、ずっと探していたんですが」

今宮は何かを考え込んでいた。声もかけられないくらいに真剣に考えているようだった。

「あの……」

「この謎、解けたら――」今宮が、すっと目を上げる。「俺のお願いを一つ、聞いてもらえますか」

「でも今宮さん、もう亡くなってから何年も経つのに、そんな。無理ですよ」

「解いてみせますから」

来夏はためらいながらも頷いた。

「冷凍室」

今宮が突然言い出した言葉に驚く。

「冷蔵庫の冷凍室の中に、何かありませんでしたか。旦那さんが残されていたものとか」

冷蔵庫を思い浮かべ、しばらくして、はっと気づく。

「ありました。カメラ用具を入れていた小さな箱のようなものが、隅に。大切なもののようだったから、何だか捨てるに捨てられなくて、まだ冷凍室の隅に入れたままにしてあります」

「それ、見せていただけますか」

来夏が冷凍室からその箱を出してきた。つめたく冷えている。中はフィルムだった。

「特別に高価なフィルムとかじゃないかと思います。たくさんあった中で、冷凍室の中に入れていたのは、これくらいでしたから。気がついたらここにあって」

表面にはコダックの文字が見えた。

今宮が腕時計を見た。

「ではこのフィルムを使って、来夏さんのⅢfで一時間後に撮影します。結露するのですぐには撮れないんです」

「あの、撮影って何を撮るんでしょうか」

「もちろん、桜と暗い空と雪です」

「でも今、桜って。雪もないですし、まだ空も明るいですよ」

「いいんです。あと探すものがありますから、旦那さんの書斎を見ていただいていいですか。探すのは、黄色いフィルターです。きっと部屋のどこかにありますから、一時間で探してください」

なんだかよくわからないけれど、今宮の真剣さに気圧《けお》されるようにして頷いた。

机も引き出しも手つかずのままにしてあった。中は綺麗に整頓されていたままだった。フィルターは店でも扱うから知っていた。赤や青や透明なのはよく知っているけれど、黄色いものは店ではあまり扱ったことがなかったので、何に使うんだろうと妙な気がした。

探しているうちに、言われた通り濃い黄色のフィルターが出てきた。どうやら善治郎が自分で切って加工したもののようだ。見ればⅢｆにはぴったりと合いそうなサイズだった。

「黄色のフィルターって、これでしょうか」

今宮に差し出す。

「フィルター、自作してありますね。これを後で、Ⅲｆにつける、と。あと押し入れを拝借します」言いながら時計を見た。「一時間経った、そろそろいいでしょう」

「押し入れ？　あの、今から何を」

「押し入れじゃなくても、なるべく真っ暗な部屋があれば」

来夏は押し入れから荷物を引き出して、スペースを作った。身をかがめて今宮が入るのを見る。

しばらくして今宮が出てきた。

「このフィルムは特別なので、カメラに入れる時も暗室みたいに光が入らない場所でしなければいけないんですよ。じゃあ行きましょう」

「行きましょうって、どこへですか。今から桜っていっても、日本のどこにも咲いていないのでは。山桜とかだったら、咲いているものもあるかもしれませんが」

「庭へですよ」

いったい今宮が何をしようとしているのかわからなかった。

来夏と今宮は庭に出た。庭は広めで、冬でも緑の葉をたくさん茂らせているシマトネリコを、シンボルツリーとして中央に植えてある。

今宮がフィルムの箱裏を熟読し、カメラの露出やピントなどを何やら考えながら合わせ、両手の指で四角を作って一つ頷くと、「じゃあ来夏さんここに立ってください」と言う。

「ここから縦位置で写してください」

「この木を写すんですか」

「ええ」

「あの、わたしじゃなくて今宮さんが撮ったほうが確実なのでは」

今宮は首を横に振った。

「いいえ。この写真は来夏さんが撮ってこそです」

一枚撮るごとに今宮が何かを合わせ直し、また一枚撮る、ということを繰り返した。

全部撮り終わったら、今宮が「このカメラと中のフィルムはお預かりしておいていいですか。明日、月曜で休みなのにすみませんが、店に来てください。その時お渡しします」

　そう言うと今宮は帰って行った。


　次の日、店に行くと、本日定休の札がかかったままの店内に、今宮がいた。よく見れば、目の下に隈をこしらえて、ずいぶん疲れたような顔をしている。

「昨日の現像、できました」と言いながら、今宮がライカⅢｆと一枚の写真を渡してくる。

　来夏は息を飲む。

　そこにあったものは、ピンク色に咲いた満開の桜と、不思議に暗い藍色の空と、一面の雪――

　しばらく動けなかった。

「今宮さん、これ……これ確かにうちの庭ですよね」

「あの木ですよ。冷凍室に入っていたのは、コダックＥＩＲ、赤外線カラーリバーサルフィルムという特別なフィルムです。もう販売は終了していて、期限も切れてたので不安だったんですが、綺麗に写りました。葉っぱの葉緑素に反応した赤外線が、緑の葉をピンクがかった薄い白に染めて、空は空気中の塵のため赤外線が散乱しないので暗い青に写るんです。雲は光る白に、草は純白に。これを赤外線写真と言います。フィルムの保管もマイナス十八度以下指定だったりと、扱いがとても難しいので、普通の人はフィルムをラボに出すんですが、まあ、うちには機材もあるので現像は簡単でした」

写真に視線を落とす。見慣れた庭がなんと幻想的に写るのだろう。夜のような真昼のような。春のような真冬のような。暗い青空を背景に、桜がうすく発光している。真っ白な下草が風にそよぎ、鮮やかな夢のようで、シュールレアリスムの絵のようで、いつまでも眺めていられる、そんな写真だった。

「旦那さんが、来夏さんに見せたかったのはこの景色だったんだと思います。他の、誰にでもなく」

店は、しんと静まり返っていた。

「俺、二階の台所でコーヒー、淹れてきます」

そのまま写真に見入る来夏を残して、今宮がコーヒーを淹れに行った。気を利かせてくれたのかもしれなかった。ぱたん、と扉が閉まる音が響いた。

あの春。来夏はひどい風邪にかかって、寝込んでしまっていた。善治郎と行くお花見を楽しみにしていて、何日も前から献立を決め、漆塗りの重箱だって新調したのに、結局、治ったころには、花も散ってしまって行けなかった。がっかりする来夏に、来年はドライブがてら一泊して、遠くの桜を見に行こう、と話していた。

次の春が来ないなんて、誰が思っただろう。

このフィルムを買った時には、もう気付いていたのだろう。だから、二人で、桜を、見ようと——

しばらくして今宮がお盆を手に、二階から戻ってきた。

「ありがとうございます。本当に」

「礼には及びません。これくらいすぐですから」

握りしめていたハンカチを、鞄に戻した。

時間をかけて丁寧に淹れられたコーヒーは美味しかった。ふたりともしばらく無言でいる。

今宮がカップを皿に置く、微かな音が響いた。

「お願いの件ですが——」

今宮が、「俺の」と言ってしばし黙り、「俺と」と言って口ごもるので、どんな顔をしたらいいのかわからなくて、ただ俯く。

「店にいてください。辞めるとか言わないで、これからも」

来夏は机の木目を見つめていた。

「でも、今宮さん」

そのまま言葉をかぶせてくる。「修理に集中できるので、すごくはかどるんです。ええとそれに、常連客が来夏さんのコーヒーを楽しみにしているし、一見さんも店に入ってくるようになったし」

「でも」

「それに外掃除もまめにやってくれるから周りの店も喜んでるし、それからトイカメラの接客は俺よりうまいし、棚も窓もいつもきれいだし、帳簿づけもできるし、コーヒー豆の買い忘れとか、フィルムとかの注文忘れとかもなくなったし、それに――」

言いながら机に伸びた。わさわさのくせ毛が机にうねる。

机につっ伏したまま、来夏が昨日店に置いていった、カメラ代の入った封筒を出してくる。

「これいらないです。毎月百円ずつ給料から天引きするので」

「でもこれは」

「いてくださいよ」

ふたりとも黙る。

「毎月、天引きするのは百円だとして、十年とか……十五年とか……」

来夏はしばらく黙って自分の指先を眺めていたが、口を開いた。

「今宮さんありがとうございます。でもわたし、今のこんなような感じで戻るのは、今宮さんにとっても、わたしにとっても、良くないことだと思っています」

今宮は机につっ伏したそのままでいる。

「……店には、戻れません」

今宮は動かない。

「今宮さん」

おかしいな、と思って回り込んで見れば、すうすう寝息をたてている。よっぽど疲れていたんだな、と思って、最後に店の掃除をすることにした。断るのはあとでもいい、と思った。

工房のドアを開けると、暗室の扉が開いていた。中を何気なく覗いて、あまりの惨状に驚く。いつだって今宮はきちんと整頓していたはずだった。こんな風に乱雑に印画紙やら走り書きのメモが山のようにあちこちに積まれ、散乱している様子を見るのは初めてだった。

何だろう、と思って印画紙の一枚を手に取ってみると、それは来夏の撮ったあの写真だった。どの印画紙もそうだった。

赤っぽいもの黄色にころんだもの、色調を変え色の濃さを変え黒さを変え、段階的に焼き込み方を変え、幾度となくテストを繰り返したのがわかる。ちゃんと庭の木が桜に見えるように。走り書きのメモにはなにやら数字がいくつも書きつけてある。何か計算して塗りつぶしては何度も書き直している。山のように積まれ散乱する印画紙のこの枚数だと、もしかして一睡もしていないのでは、ということにも思い当たる。よっぽど焦っていて、それで。

現像は簡単でした、とか言っておきながら。

来夏はあちこちに積まれた印画紙の束を一つにまとめ、メモも拾って、薬剤を棚に戻し、いつもの暗室に整頓し直した。床も掃除する。

掃除が終わっても今宮は机で寝息をたてていた。風邪をひかないように膝掛けを肩にかけてやる。

店はいつもの通り静かだった。ゆがみガラスからやわらかな冬の光がさす。棚には、たくさんのクラシックカメラが並んでいる。

店に入ると感じる、この独特の静けさは、大きなカメラも小さなカメラも一台一台すべてが、暗い部屋を隠し持っているからかもしれないと来夏は思う。何年もの時を経て、暗い部屋に、さまざまな一瞬の光を取り込んできたカメラたち。

いつか今宮はカメラと人間とは似ていると言っていたけれども、いまではそう思える。カメラと同じように、人もまた、ひとりひとり心の中に暗い部屋を持っているのかもしれない。瞬きすると、一瞬の光がその部屋の中に取り込まれていく。嬉しいことも。悲しいことも。普段は開くことのない部屋だけれど、本当は、誰かに開けられる日を待っている。

今宮は言っていた。写真には撮る人と撮られる人の関係がにじみ出る、と。

いま、もし、今宮を撮れば、どんな風に写るだろう。自分の気持ちは、どんな風にフィルムにこもるのだろう。今宮のくるんくるんのくせ毛を眺める。

今宮が起きるのを待って、明日の段取りと、フィルム発注の確認をしよう、と思った。

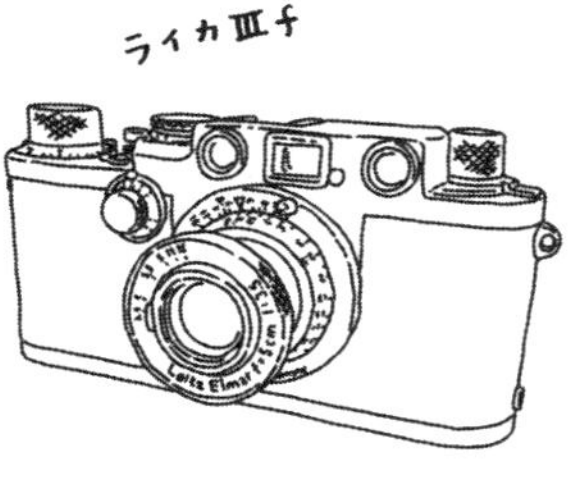

本書は書き下ろしです。

この物語はフィクションです。もし同一の名称があった場合も、
実在する人物、団体等とは一切関係ありません。

謝辞

このたび、本作品を書くにあたって、日本カメラ博物館学芸員の皆様のご協力を得て、多くの知識と示唆を頂いたことを心より感謝いたします。

日本カメラ博物館では、作中に出てきたほとんどのカメラが所蔵されています。今ではカメラと言うと、いわゆるカメラの形をしているものを思い浮かべる方が多いと思います。クラシックカメラの世界は奥深く、展示を見ているだけでも、これはどうやって写るのだろう、なんでこんな形なんだろうと不思議に思うものもあって楽しいです。日本カメラ博物館でしか見られないという貴重なカメラもたくさん展示してあります。

日本カメラ博物館では、カメラの展示だけではなく、写真教室において暗室作業を学べる、暗室基礎講座なども行われています。

地下鉄、半蔵門駅４番出口より、徒歩一分です。

地下一階の、静謐な空間に広がるカメラの世界へ、読者の皆様もぜひ足を運んでみられてはいかがでしょうか。

日本カメラ博物館　東京都千代田区一番町二十五番地　JCII一番町ビル
ホームページ　http://www.jcii-cameramuseum.jp

〈参考文献〉

『新バルナック型ライカのすべて』中村信一著　朝日ソノラマ　一九九八年
『写真の歴史』クエンティン・バジャック著　伊藤俊治監修　創元社　二〇〇三年
『カメラ修理のＡＢＣ』中一訓著　ブッキング　二〇〇九年
『クラシックカメラ劇場―クラシックカメラで撮る楽しみ』西ゆうじ著　主婦と生活社　一九九九年
『中古カメラあれも欲しいこれも欲しい』赤瀬川原平著　筑摩書房　一九九九年
『中古カメラ大集合』赤瀬川原平著　筑摩書房　二〇〇一年
『中古カメラウィルス図鑑―赤瀬川原平のカメラコレクション』小学館　二〇〇〇年
『クラシックカメラ　雑学ノート―旅立ち方、森への分け入り方、沼での足のとられ方』佐々木果著　ダイヤモンド社　一九九八年
『クラシックカメラ便利帳』馬淵勇著　平凡社　二〇〇三年
『クラシックカメラ倶楽部』高島鎮雄著　小学館　一九九六年
『クラシックニコン完全分解修理手帖』スタジオタッククリエイティブ　二〇〇七年
『クラシックカメラ専科no.53―カメラレビュー　50人のコレクターに聞く私の１題』

朝日ソノラマ　一九九九年
『クラシックカメラの世界1890's～1960's——その輝ける時代』北都連太郎著　ナツメ社　一九九九年

宝島社
文庫

谷中レトロカメラ店の謎日和
(やなかれとろかめらてんのなぞびより)

2015年9月18日　第1刷発行
2025年1月23日　第4刷発行

著　者　柊サナカ
発行人　関川 誠
発行所　株式会社 宝島社
〒102-8388　東京都千代田区一番町25番地
電話：営業 03(3234)4621／編集 03(3239)0599
https://tkj.jp
印刷・製本　中央精版印刷株式会社

ISBN 978-4-8002-4561-8

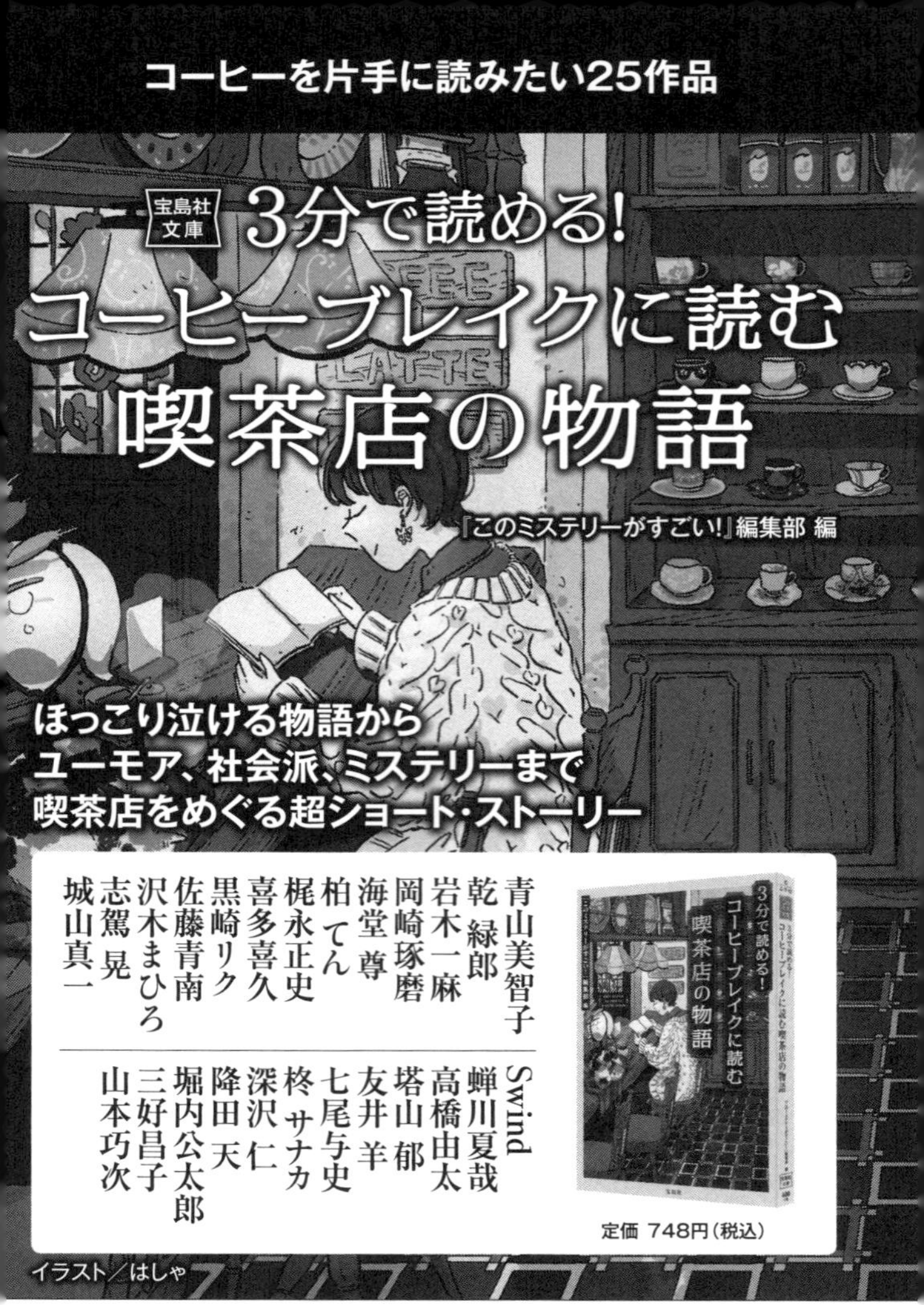
コーヒーを片手に読みたい25作品
宝島社文庫
3分で読める!
コーヒーブレイクに読む
喫茶店の物語
『このミステリーがすごい!』編集部 編
ほっこり泣ける物語から
ユーモア、社会派、ミステリーまで
喫茶店をめぐる超ショート・ストーリー
青山美智子
乾 緑郎
岩木一麻
岡崎琢磨
海堂 尊
柏 てん
梶永正史
喜多喜久
黒崎リク
佐藤青南
沢木まひろ
志駕 晃
城山真一
Swind
蝉川夏哉
高橋由太
塔山 郁
友井 羊
七尾与史
柊 サナカ
深沢 仁
降田 天
堀内公太郎
三好昌子
山本巧次
定価 748円(税込)
イラスト/はしゃ

心が満ちる25作品
宝島社文庫
3分で読める!
眠れない夜に読む心ほぐれる物語
『このミステリーがすごい!』編集部 編
夢のように切ない恋物語や
睡眠を使ったビジネスの話……
寝る前に読む超ショート・ストーリー
青山美智子
一色さゆり
乾 緑郎
岡崎琢磨
海堂 尊
柏てん
喜多 南
喜多喜久
咲乃月音
佐藤青南
沢木まひろ
志駕 晃
城山真一
高橋由太
辻堂ゆめ
塔山 郁
友井 羊
中山七里
七尾与史
林 由美子
柊サナカ
深沢 仁
降田 天
堀内公太郎
森川楓子
定価 748円(税込)
イラスト/はしゃ
宝島社
お求めは書店で。
宝島社
検索